KB062839

당신의 허공

당신의 허공

이서진 소설집

도화

당신의 허공

초판 1쇄인쇄 2020년 8월 7일
초판 1쇄발행 2020년 8월 10일
저   자 이서진
발행인 박지연
발행처 도서출판 도화
등   록 2013년 11월 19일 제2013－000124호
주   소 서울시 송파구 중대로34길 9－3
전   화 02) 3012－1030
팩   스 02) 3012－1031
전자우편 dohwa1030@daum.net
인   쇄 (주)현문
ISBN┃ 979－11－90526－18－0 *03810
CIP제어번호 : CIP2020032282

정가 13,000원

*이 책은 원주문화재단의 2020년 문화예술지원사업으로 발간되었습니다.

도화道化, fool는
고정적인 질서에 대한 익살맞은 비판자,
고정화된 사고의 틀을 해체한다는 뜻입니다.

차 례

작가의 말

삶에서 예기치 않게 맞닥뜨리는 수많은 어긋남을 생각한다. 그로 인해 다시 일어설 수 없을 참혹한 스러짐도 있었을 테다. 그건 지독한 결핍이 되고 이루어질 수 없을 간절한 향망으로만 떠돌지 모른다.

이번 책에는 그렇듯 쓰러져버린 이들을 소환했다. 긴밀한 관계에서의 죽음 때문에, 혈연이 아니기에 받아야 하는 제도와 사회적 분리의 내침 때문에 또는 풀어내지 못 한 갈등으로 영원히 교통할 수 없기 때문에, 생물학적 장애로 다르다고 금기시되어야 하기 때문에.

그런 사정이 타인에게는 제 손에 박힌 가시보다 못 할 남의 일이라 일별되겠지만, 당사자에게는 주저앉은 폐허일 것이다. 그들의 이야기를 쓰며 아린 마음을 다독여야 했다. 감정을 누르려고 키보드에서 움직이던 손을 놓고 자주 창밖의 먼 곳을 바라보았다. 시선을 돌리면 모니터의 커서는 계속 써나가라고 깜박이며 재촉했다.

이야기를 마치고 나서도 그들을 향한 안쓰러움의 강도는 덜하지 않다. 그래도 참담하고 쓸쓸한 궤적들을 풀어내 줄 수 있어 다행한 일이다. 이렇게나마 작은 위안이 되길 바란다.

여기, 그들의 어긋난 삶을 아프게 부려놓는다.

2020년 여름
이서진

풍 등

*

은형이 왔다.

초가을로 접어든 숲에 늦은 오후 햇살이 고즈넉이 내려앉았다. 바람결이 없는데도 어느 순간 나뭇잎들이 일렁였다. 자작나무를 마주하고 선 은형에게서 습한 내음이 뭉클 풍겼다. 눈빛은 깊은 동굴처럼 공허했다.

나는 은형의 어깨에 가만히 손을 얹었다. 야윈 어깨의 강파름이 손을 타고 흘러들었다. 나뭇가지 사이로 비쳐든 햇살의 파장이 은형에게 쓸쓸히 어룽졌다.

숲과 바로 연해 있는 이차선 도로에는 차량들이 지나다녔다.

그럴 때마다 노면에 닿은 바퀴가 차락대는 파찰음이 사위에 퍼졌다. 운전자들 중 가끔 눈 밝은 이가 있어 나무들 사이로 얼핏 보이는 은형을 호기심에 흘낏거렸다. 그러나 차체의 속도에 시선은 계속 이어지지 못했다.

*

내가 있는 곳은 D시의 서쪽 외곽 끝자락에 위치한 숲이다. 깊은 숲은 아니고 동네 구릉 같은 야트막한 지형이다. 앞 뒤 주변으로 난 여러 갈래의 도로가 있어 차량 왕래도 잦았다. 저만치 시가지의 건물 군락이 보이고, 시가지 끝에는 하천을 끼고 있는 넓은 천변이 있었다. 그곳에선 주말인 오늘 저녁에 지자체 관광행사인 풍등제가 열릴 예정이었다.

오늘의 기상은 풍등을 날리기에 괜찮은 조건이다. 대기는 저항 기류 없이 가라앉을 듯 고요했다. 천변은 이른 아침부터 부산했다. 행사용 차일 천막과 많은 사람들이 앉을 의자와 연예인들이 공연할 무대가 설치되었다. 등을 날리느라 발생할지 모를 화재나 안전 위험 요소를 차단할 여러 장비와 안전요원들도 배치했다.

나는 숲에 근접해 있는 천변을 바라보며 매일매일을 지냈다. 그러다가 어느 때 바람결에 실려 떠나기도 하는데 은형이 있는 곳이었다. 그곳에는 은형 말고도 또 한 존재가 있다. 민하. 이름만으로도 사무쳤다.

"잘 있었어요?"

안부를 묻는 은형의 목소리가 가라앉아 있다. 어딘가를 막막히 헤매느라 지쳐있을 때처럼 진이 빠져있었다.

"민하는 함께 오지 못 했어요. 내일 학교 가기가 피곤할 것 같아서요. 아, 참 민하는 올해 초등학교에 입학했어요."

알고 있다. 민하가 입학식을 하던 날 나는 둘을 보고 있었다. 은형이 자고 있는 민하를 깨워서 씻기고, 든든히 밥을 먹이고, 새로 산 옷을 입혀 집을 나서는 걸 내내 지켜보았다. 입학식이 끝난 교실에서 민하와 함께 기념사진을 찍던 것도 보았다. 그때 은형의 눈은 눈물이 어렸다.

"민하 사진 갖고 왔어요. 지난 어린이날에 찍은 거예요."

은형은 가방에서 사진 한 장을 꺼냈다. 사진 속에서 민하가 환하게 웃고 있었다. 하늘색 바탕에 주홍빛 자잘한 꽃무늬가 있는 니트 투피스를 입고, 길게 땋은 갈래머리를 나풀거리며 클로즈업 할 때처럼 다가들고 있었다. 사진을 찍는 은형을 향해 오던 중인 것 같았다. 함빡 입을 벌려 웃고 있는 볼이 오월 햇살 속에서 통통하니 예뻤다. 무엇과도 견줄 수 없는 사랑스러운 모습에 나는 가슴이 먹먹했다.

은형은 사진을 가만 가만 어루만졌다. 손길에서 슬픔이 배어

나왔다. 나는 안쓰러워서 그 손등에 내 손을 포개 감쌌다. 은형은 문득 뭔가를 감지한 것처럼 화들짝 고개 들어 주변을 둘러보았다. 그러나 숲은 어떤 기척도 스며들지 않아서 정갈하도록 고요했다. 눈길을 거두는 은형의 표정이 뭔가를 잡았다 놓친 것처럼 허탈해지더니, 천변 쪽을 바라보며 쓸쓸히 말했다.

"아까 오면서 천변을 보니 날릴 등들이 꽤 많던데요. 풍등제를 연다더니 거기에 쓸 건가 봐요. 그런데 등을 날리며 소망을 기원하면 이루어지려나? 그대로 날아가 버리면 그만이지 않을까……."

스슥, 풀잎 스치는 소리가 났다. 얼마 떨어지지 않은 떡갈나무 옆이었다. 시커먼 고양이가 지나가고 있었다. 새끼를 배었는데 곧 낳으려는지 배가 바닥에 닿을 것 같았다. 고양이는 사람이 있는데도 피하지 않고 천천히 움직였다. 검은 몸체가 뿜어내는 음울함이 불길했다.

"얼마 전에 민하에게 흰 원피스를 사 주었어요. 그런데 입고 나가자마자 마당에 떨어진 장미꽃잎을 치마폭에 주워 담더니, 꽃잎 물이 들어서 점점이 핏방울처럼 얼룩이 지고 말았어요. 선혈처럼 땅 위를 덮은 꽃잎 무더기와 옷의 얼룩이 겹치면서 기분이 아주 안 좋았어요. 몇 번이고 비누칠을 해서 빨긴 했는데…… 불그레한 자국은 남아 있더라고요."

은형의 말은 담담한데도 저미는 아픔이 배어나왔다. 옷의 얼룩이 안고 있는 상처에 겹쳐서인 것 같았다. 그 상처는 많은 시간이 흘러도 지워질 수 없을 고통이었다.

*

은형은 한 의류매장에서 일하고 있다. 많은 사람들이 뒤적거리고 입어본 옷들을 반듯하게 다시 정리하고, 신상품의 입고 정리와 재고품을 선별해서 처리했다. 보통 삼사십 킬로가 되는 의류 상자를 들고 날라야 하고, 의류에서 나오는 먼지를 마시며 종일 서있어야 하는 직업 환경이었다.

아침 9시에 출근해서 저녁 9시까지 근무하고 휴일도 한 달에 두 번 뿐이었다. 일과가 끝난 저녁이면 어깨에 돌을 얹은 것처럼 무거웠고 다리가 부어 있었다. 집에 와서도 집안일과 민하를 챙기다보면 제대로 쉬지도 못 했다.

은형은 민하와 방 한 칸을 월세 들어 살고 있다. 집주인은 혼자 사는 할머니인데, 수고료를 받고 은형이 올 때까지 민하를 데리고 있으면서 저녁도 챙겨 먹였다. 많지 않은 수입에 월세와 수고료 지출이 부담스럽지만, 민하가 보호받을 수 있는 공간에서 지내는 것만으로도 그나마 마음이 놓였다.

은형이 전적으로 생활을 책임져야 했을 때 세 돌이 채 안 된 민하를 어린이집에 맡겨야 했다. 민하는 낯선 아이들과 공간에서 며칠을 엄마를 찾으며 울기만 했다. 그런 민하를 우격다짐 밀어 넣고 뛰쳐나오는 귓가에 울음소리가 맴돌아 마음이 쓰라 렸다. 떼어놓아야 하는 미안함과 어디에도 기댈 수 없는 처지 가 서러웠다.

은형이 이곳을 떠나 다른 곳으로 간 직후였다. 지금 세 들어 사는 집이 아니었고 의류매장에서도 일하기 전이었다. 정규직 일을 아직 구하지 못 할 때였다. 당장 생활비를 벌어야 했기에 우선 일당제 일을 소개하는 용역사무실에 등록을 했었다. 어느 날 파출부를 필요로 하는 한 식당의 호출로 일을 나가야만 했 다. 저녁 5시부터 밤 10시까지 하는 일이었다.

그때 민하는 심한 감기를 앓고 있었다. 데리고 갈 수도, 두고 갈 수도 없어 애가 탔지만 아는 사람 없는 곳에서 맡길 데가 없 었다. 어쩔 수 없이 민하가 누워있는 이불 옆에 물그릇과 과자 한 봉지를 놓아둔 채, 혹시 엄마를 찾으며 밖으로 나올까봐 바 깥에서 방문을 잠갔다. 일을 하는 내내 은형은 민하 생각에 허 청다리 난간에 서있듯 극심하게 불안했다.

집에 돌아왔을 때, 민하는 울다 지쳐서 이불도 덮지 못하고 쓰러져 잠들어 있었다. 파리한 전등 불빛 아래 열이 나서 벌건 얼굴에 말라붙은 눈물자국을 보며 은형은 무릎이 꺾였다. 기저 귀도 채 떼지 못 한 어린 아이가 어미를 찾으며, 깊어가는 밤 시 간동안 혼자 앓았을 것에 가슴이 찢어졌다. 일당으로 받은 만

원짜리 지폐 세장의 부피가 모질게 할퀴었다.

은형은 가족이 없는 거나 마찬가지였다. 어머니는 죽고 아버지는 오빠 집에 얹혀사는 데다 지병을 앓고 있어 거동이 여의치 않았다. 오빠나 언니와는 형제간 정리가 형성되지 못 했다. 은형은 아버지가 재혼해서 낳은 배다른 형제였다. 그들은 은형에게 곁을 주지 않았다. 명절에 만나도 밥만 한 끼 먹고 나면 서둘러 헤어졌다. 은형의 힘든 사정을 알면서도 지금까지 어떤 연락도 없었다. 은형은 그래도…… 형제인데, 라며 서운했지만 이젠 그마저도 묻어버렸다.

나도 고아였다. 부모를 일찍 잃고 조부모에게서 자랐지만 중학교에 다닐 때 두 분마저 세상을 등졌다. 그 후 외갓집에서 오년을 얹혀살았다. 외삼촌내외가 나를 받아들인 건 내가 기초생활수급자로서 기본적인 생계비를 지원 받을 수 있었기 때문이었다. 기초생활수급비는 내가 만져볼 수도 없이 전적으로 외삼촌 내외가 관리했다.

고등학교를 마치자 그 집에서도 독립했다. 함께 사는 동안 구박을 많이 받았기에 핏줄이라는 애틋함은 없었다. 그래도 어머니의 혈육이기에 몇 번 찾아갔더니 달가워하지 않아 그 후로는 발길을 끊을 수밖에 없었다. 결혼하게 되면서 다시 찾았으나 아예 이사를 하고 없었다. 이사한 곳을 알고 싶지는 않았다. 찾아봤자 반기지 않을 게 뻔해서였다.

*

"민하가 제법 의젓해졌어요. 학교를 다녀오면 혼자서 숙제를 하고 다음날 가지고 갈 준비물도 잘 챙겨요. 내가 일이 끝나고 오면 어깨와 다리도 곧잘 주물러주고요."

은형의 말에 나는 마음이 베인 듯 아렸다. 어리광을 부려도 될 나이에 애어른처럼 속이 차가는 민하가 가여웠다. 기댈 울타리 없이 홀로 어린 아이를 키우며 생활고에 시달리는 은형도 아픈 무게였다. 그런데도 내가 은형과 민하에게 해 줄 수 있는 건 아무 것도 없었다. 그저 둘의 주변에서 어른거리거나 바라볼 뿐이었다.

은형이 떠날 때 나는 함께 갈 수 없었다. 이곳 숲에 홀로 남겨진 나는 많이 슬펐다. 밤새 숲을 헤매 돌며 어둠 속에서 처절하게 울었다. 숲에 깃들어 있던 모든 것들은 한 숨도 자지 못 했다. 다람쥐, 딱정벌레, 왕개미, 떡갈나무, 물푸레나무, 단풍나무, 고사리, 쑥부쟁이, 천변으로 흘러들던 개울물과 날개를 접었던 나비가. 해가 밝으면 다시 떠나기 위해 바위 뒤에서 잠시 눈 붙이던 바람마저도.

은형은 지금까지 이곳을 찾지 못 했다. 먹고 살아야 하기에 시간을 내기 힘들기도 했지만 두려웠을 것이다. 끔찍했던 시간을 되짚어야 하는 건 다시 한 번 그때의 잔혹함 속에 있어야 하는 걸 테니까. 대신 내가 가끔 은형을 찾았다. 하지만 이곳의 규칙을 지켜야 하므로 오래 있지 못 하고 다시 떠나와야 했다. 잠시 어디론가 다닐 수는 있어도 항상 귀속해야 하기 때문이었다.

은형은 한동안 그때가 불쑥 떠오르면 아주 힘들어 했다. 제대로 숨쉬기 힘든 공포가 몰려왔고 속이 부대끼며 결국 빈 토악질을 해댔다. 그럴 때마다 나는 은형의 등을 쓸어주며 괜찮아, 괜찮아 라고 달래주었다. 그 손길과 말은 바람결에 섞여야할 수밖에 없었지만.

그리고 매장에서 일을 하다 지쳐 화장실 한 귀퉁이에서 아픈 어깨와 다리를 콩콩 두드리면, 나는 울음을 억누르며 자분자분 주물러주었다. 그럴 때 은형은 어, 뭐지? 하는 표정으로 주변을 둘러보았다. 부엌에서 설거지를 하거나 음식을 만들 때면 나는 등 뒤에서 가만히 안아 주기도 했다. 그럴 때 은형은 수세미에 세제를 묻혀 거품 내어 그릇을 닦거나, 칼질을 하다가 움찔하며 뒤를 돌아보았다.

*

4년 전이었다.

4월을 막 넘어서고 있었다. 곳곳에서 목련나무가 소담스러운 꽃을 피워 올리고 있었다. 그 계절의 어느 날 나는 평소보다 이르게 퇴근했다. 버스에서 내려 동네 어귀에 접어들었을 때 걸음을 멈추고 잠시 하늘을 올려다보았다. 아직 햇발이 남아있는 하늘은 푸르렀다. 군데군데 몽실한 흰 구름이 햇솜뭉치처럼 떠 있었다. 정결한 주택들과 평온하게 오가는 사람들, 동네 길에 채워지는 퇴근 차량들의 부산한 움직임, 피어나는 봄꽃과 푸른 새싹들, 집집들마다에서 번져 나오는 오붓한 저녁 풍경이 쾌적했다. 그 속에 나와 은형과 민하의 삶이 함께 있다는 사실에 문득 가슴 따뜻했다.

동네 어귀를 지나 편의점이 있는 곳에 왔을 때 뽕짝거리는 노래를 틀고 있는 행상 트럭을 만났다. 중년 여자 둘이 차 안을 들여다보고 있었다. 딸기를 팔고 있었다. 트럭 주인은 장사를 끝내고 들어갈 거라며 떨이라고 했다. 평소 가격에 한 봉지를 더 얹어 준다는데 나는 딸기를 좋아하는 은형이 생각났다. 얼마 남지 않은 용돈에 잠깐 망설였지만 사다주면 맛있게 먹을 것에 마음이 앞섰다. 여자들 옆으로 끼어들어 두 봉지나 사버려서 네 봉지가 됐다. 한 봉지는 세 들어 사는 주인집에 줄 생각이었다.

대문을 들어서는데 마침 현관을 나서던 집주인 내외와 마주쳤다. 나는 딸기가 든 봉지를 내밀었다. 내외는 뭘 우리 것까지 챙기냐면서 고마워했다. 아주머니가 딸기를 집안에 들여놓고 다시 나와서 현관문을 잠그기에 나는 어디를 가냐고 물었다. 집안의 연로한 형님 병세가 좋지 않아서 고향에 다니러 가는데 내

일이나 올 거라고 아저씨가 말했다.

그때 담장 옆을 지나던 낯선 남자가 불쑥 고개를 디밀어 마당 안을 넘겨다보았다. 그런 경우가 자주 있었다. 철제로 된 담장은 어른 가슴 높이 밖에 되지 않아서, 지나다니는 사람들을 보거나 아무 생각 없이 들여다보는 낯선 사람의 눈길과 마주치는 게 다반사였다.

아저씨가 집을 지을 때 전원주택 느낌을 가지려고 일부러 담을 낮게 했는데, 생활하다 보니 낯선 시선으로 불편할 때가 많았다. 집안의 문을 열어놓고 사는 여름철엔 더 그랬다. 어떤 사람들은 화단의 꽃들이 예쁘다며 거침없이 대문을 밀고 마당까지 불쑥불쑥 들어오기도 했다.

아주머니는 담장 너머로 들여다보는 낯선 남자가 언짢아서 아저씨에게 담을 다시 손 보라며 볼멘소리를 했다. 아저씨는 알겠다며 허허, 웃었다. 그리고 나에게 요즘 도둑이 자주 든다면서 그저께도 어느 집이 털렸으니 밤에 문단속 잘 하라고 했다. 그러면서 아무래도 방범시스템을 설치해야겠다며 고향에 다녀온 후에 업체를 알아보겠다는 말도 덧붙였다.

그때 주인집 옆의 단칸방에 세 들어 살던 새댁이 마당으로 나오다가 나를 보고 인사를 했다. 그 집 부부는 이제 스물을 조금 넘긴 사람들이었다. 고등학교를 마치고 사귀던 중에 임신을 했는데 오 개월로 접어들고 있었다. 두 달 전에 결혼했지만 아직 식을 올리지는 못 했다. 나는 그들의 처지에 마음이 갔다. 은형도 가끔 새댁과 어울렸고 어떤 때는 반찬을 넉넉히 해서 갖다 주기도 했다.

나와 은형도 혼인신고만 하고 결혼생활을 시작했다. 민하가 더 크기 전에 식을 올려야지 하면서도, 규모가 작은 생활가구점에서 판매와 배달 일을 하는 외벌이 처지로는 쉽지 않았다. 우리는 결혼식을 하기 위해 내핍을 하며 매달 십만 원씩 적금을 따로 붓고 있었다. 만기금은 사백만원이 채 안되지만 적금이 끝나는 다음해 3월에 식을 올릴 예정이었다. 동네 예식장에서 간소하게 치를 형편이었어도 우리는 그 계획만으로도 마음이 설레고 있었다.

나는 새댁에게도 딸기 한 봉지를 건네고 살고 있는 옥탑방이 있는 이층 계단을 올랐다.

*

딸기를 본 은형은 뭐 하러 한꺼번에 많이 사왔냐고 지청구를 했지만 꽤 좋아하는 기색이었다. 그날 은형과 나는 딸기를 먹으며 사치 부리듯 시원한 캔 맥주도 곁들여 마셨다.

은형은 며칠 전에 마트에 갔다가 딸기가 비싸서 못 샀다고 했다. 그 말을 듣는 내 마음은 늘 그랬듯 짠했다. 빠듯한 수입에 대단히 값나가지도 않은 걸 먹고 싶어도 참아야 하는 은형에게 미안했다.

민하가 감기 기운이 있어 보일러를 약하게 가동했더니 방 안이 좀 더웠다. 환기도 할 겸 반쯤 열어놓은 창으로 봄날 저녁의 순한 바람결이 스며들었다. 흰 린넨 커튼자락의 귀퉁이가 팔랑 흔들렸다. 욕심을 내고 딸기를 두 개 세 개 욱여넣는 민하의 손과 입 주변이 붉게 물들어서 우리는 바라보며 크게 웃었다. 그날 저녁 나와 은형과 민하의 시간은 소소한 행복으로 충만했다.

밤이 깊어져서 은형과 함께 민하를 씻겨 재웠다. 설거지와 빨아놓은 옷을 개키는 등 집안일을 나눠서 하고 나자 밤 열시가 넘었다. 나는 새벽에 일어나야 하기에 일찍 자자고 했다. 일하는 매장에 소파 주문이 들어왔는데 두 시간 거리의 다른 지역이었다. 구매자가 오전 열시까지는 배달을 해달라는 요청이 있었다. 그러자면 출근 시간에 밀리는 걸 감안해서 아침 일찍 나가야했다.

이불을 펴는데 은형이 카디건을 걸쳤다. 어디 가냐고 물었더니 며칠 장을 보지 않아서 내일 아침 국거리 할 게 없다며 집 맞은편에 있는 마트에 갈 거라고 했다.

은형은 평소에도 내게 아침밥을 꼭 챙겨주었다. 나는 그 수고로움을 당연히 받고 있었지만, 그날은 어쩐지 미안한 마음이 들어 만류했다.

국 없으면 어때? 그냥 있는 반찬해서 먹거나 아침에 갖다오면 되지.

당신 국 없으면 밥 먹는 것 같지 않아 하잖아. 그리고 일찍 나가야 하는데 그 시간에 마트는 문을 열지 않아. 어차피 아침에 먹을 민하 우유도 사야 해.

은형은 웃음을 띠며 나갔다. 나도 같이 가고 싶었지만 자고 있는 민하를 혼자 둘 수 없어 그대로 있었다. 마트는 백여 미터쯤 되는 가까운 거리라 대신 옥탑 마당으로 나가서 은형이 올 때까지 지켜보았다. 동네는 초저녁의 술렁대던 기척이 사라지고 조용했다. 길은 지나다니는 사람이 거의 없었다.

얼마 후에 은형이 손에 봉지를 들고 마트를 나섰다. 뒤이어 젊은 남자 둘이 나왔다. 그들은 은형의 뒤에서 같이 걷다가 은형이 대문을 들어서자 동네 어귀 쪽으로 방향을 틀었다. 나는 그쪽 어디쯤에 살고 있는 사람들인가 보다 여겼다. 마침 화장실이 급했고 은형이 왔으니 됐다 싶어 집안으로 먼저 들어왔다.

그러느라 은형이 대문을 잠근 뒤에 새댁네 방 바로 앞에 있는 마당 수돗가로 갔고, 마트에서 윗옷자락에 뭔가 묻은 걸 수돗물을 틀어서 헹구었고, 방향을 달리하던 남자들이 다시 돌아와서 담장에 고개를 디밀어 그런 은형을 보고 있던 걸 알 수 없었다. 그때 주인집은 불이 꺼져 있었고 새댁네 방의 창에는 불빛이 환했다.

그리고…… 은형이 마트에서 계산을 하며 주인과 얘기를 나눌 때, 마트에 함께 있던 남자들이 듣고 있는 걸 알지 못 했다. 마트 주인이 은형에게 주인집에 뭘 좀 갖다 주라는 것에 고향을 가고 없어서 집이 비었다는 말을.

　은형과 나는 잠자리에 들었다. 방 불을 끄자 커튼의 얇은 섬유 조직 사이로 동네 길에 설치한 가로등 불빛이 수긋이 비쳐 들었다. 나는 은형을 안으며 팔베개를 해주었다. 내 턱 밑에 닿은 은형의 머리에서 은은한 샴푸 냄새가 났다. 그 냄새를 맡으며 나는 편한 잠에 들었다.

*

　해가 뉘엿해지는 서쪽 하늘이 짙은 치자 빛으로 물들었다.

　천변 행사장의 기척은 더 부산해졌다. 모여든 사람들과 차량들의 왁자함이 노을 지는 사위로 퍼져나갔다. 곧 시작될 행사 진행에 관한 안내방송이 흘러나왔다. 띄워 올릴 풍등 대기표를 받으려고 사람들이 길게 줄지어 섰고, 진행요원들이 줄서기 정렬을 살피고 다녔다.

　은형이 자주 전화기를 열어 시간을 확인했다. 돌아갈 차 시간에 신경이 쓰이는 모양이었다. 나는 헤어진다는 것에 울적했지만, 내일이라도 바람을 타고 은형과 민하가 있는 곳으로 가보면 된다는 생각으로 애써 마음을 추슬렀다.

살아간다는 건 무엇도 짐작할 수 없는 투성이였다. 어느 때라도 예기치 않은 삶의 무뢰한이 끼어들 낌새를 가늠하지 못 했다. 하루하루, 매 시간 시간 주어진 삶의 흐름에 감싸여 그저 흘러가는 거였다. 하지만 결정적인 어떤 일이 벌어지고 난 후 그때를 돌아보면, 모든 정황이 겪을 수밖에 없는 운명처럼 확고해졌다. 마치 아귀가 잘 맞춰진 시나리오 같았다.

그날도 초저녁부터 잠자리에 들 때까지, 나와 은형과 민하의 시간들은 일상의 한 모퉁이를 평범히 지나고 있었다. 그걸흔들 어떤 조짐의 끄나풀조차 감지할 수 없었다. 세 식구의 일상은 각 꼭지점이 맞춤하게 균형 잡힌 반듯한 형태였다. 그러나 한 꼭지점이 삐끗 어그러지면서 서로의 삶은 순식간에 무너져버렸다.

잠이 들고 어느 만큼이었다. 어떤 기척에 설핏 잠이 깼다. 차르륵, 차르륵대며 밖에서 나는 소리에 간간히 우웅거리는 기척도 섞여있었다. 며칠 조용하던 바람이 다시 불었고 그 바람결에 옥탑 마당의 빨랫줄에 있던 빨래집게들이 쓸리며 내는 소리였다.

나는 전화기를 들어 시간을 확인했다. 새벽 2시가 넘어가고 있었다. 옆을 보니 민하가 이불을 차내서 다시 덮어주었다. 또 다른 옆에는 은형이 가늘게 코를 골며 곤한 잠 속에 빠져있었다. 나는 평온하게 잠든 그들의 존재가 새삼 귀했다. 앞으로의 많은 시간들을 그들과 함께 할 수 있다는 게 행복하기까지 했다.

윙윙, 바람 부는 기척이 더 크게 들렸다. 그 사이로 또 어떤 소리가 간간이 섞여들었다. 끼익, 끼익 뭔가 비틀리거나 덜컹였는데, 문이나 가구를 억지로 열거나 움직일 때처럼 그랬다. 그러면서 될 수 있으면 소리를 작게 내려고 한껏 조심하는 투였다. 그 소리는 연속적이지는 않고 잠깐씩 공백을 두었다가 이어졌다. 주인집에서 나는 소리인가, 라는 생각이 언뜻 들었다.

은형과 내가 살고 있는 옥탑방의 위치는 주인집의 거실과 안방 위였다. 우리는 침대를 사용하지 않아서 잠자리에 누우면 평소 주인집에서 크게 나는 기척이 들려왔다. 그러나 그날 주인집은 비어있었기에 소리 날 일이 없었다. 나는 소리의 출처가 의심되면서도 어느 집의 뭔가가 바람에 흔들려 덜컹거리는 걸로 여기며 다시 잠 속으로 빠졌다.

그리고 얼마 후였다. 꺄아악! 찢어지는 날카로운 소리에 반사적으로 눈이 떠졌다. 아직 잠결인 내 의식이 무슨 상황인가 짐작하지 못 하고 허청거렸다. 은형도 소리를 들었는지 놀라서 잠이 깼다. 곧 이어 우당탕탕! 물건 던지는 소리와 함께 공포가 득한 여자의 비명이 이어 들렸다. 방바닥을 타고 들리는 소리였다. 아래층이었다.

나는 황급히 일어났다. 아래층이라면 주인내외는 집에 없으니 거실 옆인 새댁네 방일 거라는 짐작이 갔다. 은형이 겁에 질려 나를 잡았다. 나는 어깨를 토닥여주곤 혹시 모르니 문을 잠가놓으라며 밖으로 나왔다.

계단 난간을 뛰다시피 내려가서 조심스레 새댁네 집 앞으로 갔다. 창은 불빛이 없었다. 그런데도 억누르는 불안정한 기척이 새어나왔다. 심하게 끙끙대거나 툭탁대는 둔탁한 움직임이 내는 소리였다. 초저녁에 만난 주인아저씨가 했던 도둑 말이 퍼뜩 떠오르며 불길한 예감이 들었다.

그런 거라면…… 어찌해야 하나, 신고부터 먼저 해야 할까. 그렇다면 얼른 집으로 가서 전화를 해야겠다고 발길을 돌리는데 아-아-아…… 한껏 짓눌린 비명이 들렸다. 나는 움찔하면서 창문을 보았다. 역시 불빛이 없었다. 어린 부부에게 위험한 일이 발생했고, 시각을 다투는 긴박한 상황일 거라는 확신이 들면서 마음이 급해졌다.

나는 신고할 생각을 접고 기척을 죽이며 새댁네 집 부엌 쪽으로 돌아들었다. 부엌문이 비긋이 열려있었다. 제발 아니길 바랐던 마음이 철렁하면서 두려운 긴장으로 가슴이 터질 것 같았다. 그래도 부엌으로 한 발을 들이밀었다. 방안에서 다시 툭탁거리는 둔탁한 소리와 짓눌려서 끙끙대는 소리가 들렸다. 나는 기습하듯 거칠게 방문을 열어젖혔다.

그날 새벽의 나는 무모했을까. 방어할 아무 것도 지니지 못한 맨 몸으로 극한 상황에 나를 들이밀었던 건. 만약 경찰에 먼저 신고를 하고 동태를 살피며 움츠리고 있었다면 상황은 어떻게 흘렀을까.

*

방안은 처참했다. 어둠 속이지만 밖에서 비쳐드는 가등 불빛으로 사물이라든가 사태가 어떤지 짐작할 수 있었다. 여기저기 물건들이 흩어져 있고, 새댁 남편은 손발이 묶여서 입이 틀어 막힌 채 창가 쪽에 쓰러져 끙끙대고 있었다. 툭탁대던 기척은 새댁 남편이 텔레비전이 얹힌 장식장에 부딪쳐 나는 소리였다. 그 앞에 한 남자가 눈만 내보이는 복면 같은 모자를 쓰고 있었는데, 새댁 남편을 발로 걸어차는 중이었다.

새댁도 손이 묶이고 입이 막힌 채 방문 앞에 쓰러져 있었는데, 아래쪽이 거의 벌거벗겨져 있는 상태였다. 강간을 당할 위급한 상태였기에 말을 할 수 없으면서도 나를 향해 온 힘을 다해 꿈틀댔다. 도와달라는 간절함이었을 것이다.

또 한 남자가 챙이 깊은 야구 모자와 마스크를 쓰고 바지의 허리띠가 풀린 채 그런 새댁을 내려다보고 있었다. 손에는 정확히 보이지 않았지만 흉기일 거라는 짐작이 될 뭔가를 쥐고 있었다.

두 사람은 자고 있다가 불시에 침입한 남자들에게 대항도 못하고 봉변을 당하고 있었다. 나는 정황을 감지한 순간 얼음 구덩이에 처박히듯 몸이 굳어졌다. 빛의 속도로 꽁지가 빠져라 도망치고 싶을 만큼 공포가 덮쳤다.

그러나 새댁과 다시 눈이 마주쳤을 때, 그 눈에 담겼던 절박함이 달려들었다. 그때 찰나적으로 은형과 민하가 이런 일을 당했다면 어찌 할 건가, 라는 끔찍함이 들었다. 돌아설 수 없었다.

나는 방으로 뛰어들며 새댁 앞에 서있던 남자의 손을 발로 냅다 찼다. 그 바람에 남자의 손에 있던 게 떨어졌다. 철커링! 고요한 새벽 시간의 어둑한 공간에서 불길한 금속성을 낸 건 칼이었다. 등골이 오싹했지만 내처 남자를 향해 달려들었다. 남자는 내 출현에 당황한 데다 기습적으로 달려드는 바람에 방어할 새 없이 나동그라졌다.

나는 남자를 타고 앉아 주먹으로 얼굴을 때렸다. 그러나 곧이어 등에 날카로운 통증이 관통했다. 아주 묵직한 어떤 것이 콱콱 찍어 누를 때마다 숨통을 쥐어짜는 헉! 소리가 절로 나왔다. 새댁 남편 옆에 있던 다른 남자가 내 등을 짓밟고 있었다.

나는 그 남자의 손에 등덜미를 잡혀 바닥에 패대기쳐졌다. 그러자 내 밑에 깔려있던 남자가 몸을 일으켜 나에게 주먹을 되날렸다. 나는 연신 강타하는 주먹질을 당하는 중에도 남자의 다리를 붙잡고 늘어졌다. 남자는 씩씩거리며 내 머리를 마구 후려쳤다.

야, 빨리 튀자. 재수 옴 붙었다!

조금 전 내 등을 짓밟던 남자가 상황이 안 좋다고 여겼는지 때리는 남자의 옷을 움켜잡으며 나가자고 말렸다. 남자는 그래도 계속 때렸다. 나는 있는 힘을 다해 남자의 허벅지를 물었다. 빳빳한 청바지와 물컹한 살의 촉감이 벌레를 씹었을 때처럼 이에 휘감겼다. 허벅지를 물린 남자가 비명을 지르며 주저앉았다.

이 개새끼가!

등을 짓밟던 남자의 씹어뱉는 소리를 듣는 것과 동시였다. 내 왼쪽 등의 견갑골 아래쪽이 불덩이로 지지는 것 같은 통증이 덮쳤다. 나는 순식간에 사지의 힘이 빠지며 벌렁 나자빠졌다. 남자가 바닥에 떨어져있던 칼로 등을 찔렀던 것이다.

허벅지를 물린 남자는 쓰러지는 나를 보며 당황해서 어어…… 소리만 냈다. 칼로 찌른 남자가 그런 남자를 다급하게 끌어당겨 일으켰다. 둘은 후다닥 대며 방을 뛰쳐나갔다. 의식을 잃어가는 내 눈에 두 남자의 모습이 불현듯한 깨달음으로 담겼다. 잠자리에 들기 전 마트에 간 은형의 뒤에서 따라 나오던 남자들이 겹쳤다.

밖에서 여자의 비명이 꿈결인듯 들려왔다. 기다려도 내가 오지 않자 일층으로 내려온 은형이, 도망치는 남자들과 맞닥뜨리며 내는 비명이었다.

몸싸움을 하느라 아수라장인 방바닥으로 내가 흘린 피가 반경을 넓히며 퍼져나갔다. 극심한 통증에 천정 전등불빛이 멀어졌다가 눈앞인 듯 뒤엉키며 흔들렸다. 그 사이로 은형의 얼굴이 먼 듯 가까운 듯 다가섰다 멀어지기를 반복했다. 나는 은형의 얼굴을 만지려고 안간 힘을 썼지만 아주 무거운 걸 매달고 깊게 가라앉듯 움직일 수 없었다.

구급차의 사이렌소리가 점점 가까워졌다.

*

구급차는 새벽길을 황막하게 달렸다. 써늘한 바람이 유리 파편처럼 거세게 차창을 때렸다. 숨을 헐떡이며 울컥 울컥 피를 쏟아내는 내 시야에 무겁고 검은 휘장이 천천히 흘러내렸다. 응급실에 들어섰을 때 호흡은 멈췄다.

나를 부둥켜안았던 은형의 얼굴과 옷이 온통 피투성이였다. 은형은 그런 몰골로 의사가 사망 사실을 고지했어도 움직임 없이 나를 내려다보기만 했다. 피에 젖은 내 옷이 가슴까지 밀려올라가 배가 드러나 있었다. 봄이지만 아직은 새벽 기온이 찼다. 은형은 옷을 내려서 배를 가려주며 중얼거렸다.

여보, 얼른 일어나. 민하가 기다리고 있어. 빨리 우리 집에 가자……

은형의 재촉하는 웅얼거림 속에 시커먼 땅 속 끝까지 떨어져 내리는 아뜩함이 휘웅거렸다. 그리고 간호사의 손길이 움직이는가 싶었는데 내 얼굴에 흰 천이 덮였다.

여명이 시작되었다. 병원의 영안실 계단을 내려서는 은형이 휘청했다. 영안실에는 매캐한 향이 피어올랐다. 미처 사진을 준비하지 못 해 위패만 놓인 단 앞에는 흰 국화 화환이 세워졌다. 은형은 멀건 눈빛으로 위패를 바라보았다. 눈 속이 텅 비어 있었다. 웅웅거리는 바람 소리만 그 안에서 회오리쳤다.

은형은 영안실을 나왔다. 왼쪽으로 호수가 있었다. 바람결에 물결이 검푸르게 파장을 지으며 밀려났다. 물이 오르기 시작한 버드나무 잎들이 빗질한 듯 한 방향으로 쏠리며 흔들렸다. 그 앞에 쭈그리고 앉아 일렁이는 물결을 맥을 놓고 바라보는 은형의 피 묻은 얼굴과 구부린 등은 몇 시간 사이에 바짝 쪼그라져 있었다. 나는 다가가서 안아 주려했지만 그럴 수 없었다. 기를 쓰고 곁에 가려 해도 어떤 자장에 의해 자꾸 튕겨졌다.

남자들과 맞붙었던 이십 여분도 채 안 되는 짧은 시간에 내 삶의 방향은 다시는 은형과 민하를 향할 수 없게 되었다. 그들에게 돌아갈 수 없다는 절망이 검붉은 핏덩어리처럼 뭉클뭉클 쏟아졌다.

우린 이제 겨우 서른셋이었으며 스물여덟이었고 세 돌이 채 안 됐다. 이게 아닌데…… 이게 아닌데……. 나는 갑자기 나타난 복병처럼 눈부신 아침 햇살에 머리가 어지러웠다. 호숫가 옆의 노란 개나리꽃덤불이 멀미 일듯 다가들며 너울댔다.

염이 시작되었다. 내 몸은 강도들과 몸싸움을 할 때 든 멍 자국과 시반현상으로 푸르딩딩했다. 뜨거운 피가 흐르고 활기차게 꿈틀대던 근육으로 튼실하던 젊은 몸은 사후 경직으로 뻣뻣이 굳어 있었다. 세상의 모든 존재하는 것들을 담았던 눈과, 소리를 들었던 귀와 그것들을 향해 발화하던 입은 굳게 닫히고 말았다. 어디에도 왕성히 숨 쉬며 일상의 시간을 활기차게 가동했던 기척이 없었다.

다시는 은형과 민하와 마주할 수 없고, 그들의 목소리를 들을 수 없고, 그들을 향해 사랑의 말을 할 수 없다는 게 가슴 터지도록 안타까웠다. 내 잘못이 아닌데 삶이 내려친 무자비한 철퇴에 맥없이 쓰러져 버린 참혹한 현실이 피 토하듯 억울했다.

은형과 얼마 전에 나누었던 정사가 떠올랐다. 며칠을 거칠게 불어대던 봄바람이 조용히 잦아들던 밤이었다. 평온한 봄밤의 공기가 아른거리는 속에 은형과 나의 서로를 갈구하는 열망도 버무려졌다. 파도치듯 밀려드는 희열 속에서 우리는 한껏 자맥질했다. 서로의 입에서 수밀도 같은 단내가 배어나왔고 등은 포만한 땀으로 촉촉했다. 은형은 내 등을 가만 가만 쓰다듬었고, 은형의 머릿결을 쓸어주는 내 손길에선 청보리의 청청함이 출렁거렸다.

그때의 나는 유월의 비릿한 밤꽃냄새 같은 격정과 열띤 숨결이 늘 머물러 있을 줄 알았다. 지나온 어제와 오늘 같은 평범한 내일이 당연히 이어질 거라 여겼다. 그러한 일상의 편편들이 이제는 실체화되지 못 한다는 사실이 믿어지지 않았다. 어이없게 그토록 깊은 강이 가로 막아질 줄 알지 못 했다.

*

화장터에서 내가 누운 관이 화구 쪽으로 밀어 넣어질 때, 은형은 안에 있기 힘들어서 민하의 손을 잡고 밖으로 나왔다. 민하는 며칠 사이에 이상한 기류를 느끼는지 불안해하며 엄마 손을 놓칠세라 힘을 다해 모아 쥐었다.

둘은 화장터 입구에 심어져 있는 벚나무 아래로 갔다. 은형은 민하를 안심시키려고 함께 쪼그려 앉아서 소꿉놀이하듯 풀을 뜯어 돌멩이 위에 놓고 툭툭 찧었다. 짙푸른 물이 돌멩이를 물들였다. 은형의 가슴에도 들어낼 수 없는 짙푸른 멍이 번졌다. 벚나무 잎에 맺힌 이슬이 미처 마르지 못하고 은형과 민하 위로 후둑, 떨어졌다.

은형은 나를 이곳 숲의 자작나무 아래 뿌렸다. 나는 살아있는 동안 쉬는 날이면 은형과 민하를 데리고 이곳 숲으로 자주 왔었다. 어느 날은 자작나무 아래서 싸 온 도시락을 함께 먹으며 한참을 머물다 갔고, 어느 날은 민하를 업고 개울을 따라 걸으며 민하가 좋아하는 동요를 셋이 함께 불렀다.

그럴 때 한창 야무지게 말을 하기 시작하던 민하는 작은 입을 오물거리며 말했다. 아빠, 나는 지금 행복해! 라며 두 팔을 벌려 내 목을 껴안았다. 어린 딴에도 아빠 엄마와 갖는 그 시간들이 충만하다고 느꼈던 것 같았다. 그때 등에 폭 안기던 민하의 말랑한 무게와 귓가에 감기던 야들한 목소리에, 나야말로 가슴 저리도록 행복했다.

그런 날들의 어느 날 나는 은형에게 말했다.

은형아, 자작나무 꽃말이 뭔지 알아?

뭐야?

당신을 기다릴게요.

어머, 왜 그렇게 서정적인 거야? 근데 어쩐지 슬프네. 기다린다는 건 자신의 깊은 마음을 고스란히 건넨다는 거잖아.

그러네. 누군가에게 깊은 마음을 건넨다는 건 그 사람의 모든 것일 테니까.

나는 그 말을 하면서 잠시지만 찌릿한 통증처럼 아린 슬픔이 훅 들어찼다. 은형의 눈빛에도 쓸쓸함이 스쳤다.

은형아, 여기 좀 봐. 나무껍질이 매끄럽고 희잖아. 옛날에는 이걸 벗겨서 촛불 대용으로 썼고 신방에 밝혀서 축복의 상징으로 여겼대. 이 나무를 한자로 화樺라고 하는데 결혼할 때 화촉을 밝힌다는 말이 그래서 유래된 거래. 그리고 이 껍질에 누군가를 향한 사랑의 글귀를 쓰면 그 사랑이 이루어지거나 오래도록 이어진대.

그날 은형은 자작나무 껍질 한 조각을 벗겨서 집으로 가져 갔다. 거기에 무언가를 쓰기에 보려고 하자 손으로 감추며 보여주지 않았다. 나중에 화장대 서랍에서 글귀가 적힌 나무껍질을 보았다.

'우리 오래도록 함께 있게 해주세요.'

그때 은형의 기원은 가없어진 걸까. 나는 문득 자작나무를 쳐다보았다. 나무는 곧게 쪽 뻗은 가지와 이파리만 미약하게 흔들 뿐이었다.

*

하늘은 짙은 보랏빛으로 물들었다.

도로는 어느새 경계선이 제대로 보이지 않았다. 마주한 은형의 모습도 실루엣으로 다가들었다. 은형이 내가 머무는 자작나무를 어루만지며 말했다. 목소리가 저녁나절 축축이 내리는 빗줄기처럼 쓸쓸했다.

"난 이제 가야겠어. 민하가 많이 기다릴 거야. 쉬는 날인데 이곳을 오느라 같이 있어주지 못해서. 시간 내기가 쉽지 않아 언제 또 올지 모르겠지만……. 잘 지내요."

은형은 도로 쪽으로 무겁게 발길을 돌렸다. 나는 어둑해지는 길을 걷는 은형이 걱정되어 옆에서 따라 걸었다. 은형은 몇 발자국 걷다가 멈춰서 자작나무를 돌아보았다. 눈에 눈물이 어렸다. 어디선가 써늘한 바람 한 자락이 슬몃, 불었다. 바람에 쓸린 나뭇잎들이 사르락 소리를 냈다. 어느 나무의 우듬지에 앉아있던 새 한마리가 어두워지는 하늘로 훌쩍 날아올랐다.

숲에서 조금 떨어진 정류장에 왔을 때 마침 터미널로 가는 버스가 도착했다. 은형이 몇 시간 동안 차를 타고 가며 서러움을 쓸어내릴 것에 내 가슴은 무너졌다. 애처로움에 은형을 안았으나 몸짓은 가 닿지 못 하고 은형은 그대로 버스에 올랐다. 은형은 자리에 앉아 어둠이 내리는 숲의 자작나무 쪽을 애틋하게 바라보았으나, 차창 밖에서 잘 가라고 손을 흔드는 내 모습은 여전히 실체가 없었다.

은형을 태운 차는 이내 떠났고 나는 쓸쓸히 숲으로 돌아왔다. 천변에선 곧 카운트다운을 시작하면 일제히 등을 날리라는 안내방송이 흘러나왔다. 줄 서있는 사람들의 들고 있는 점화된 등들이 긴 꽃줄기 같았다.

누군가 얼결에 먼저 날린 등 하나가 밤하늘에 둥두렷, 떠올랐다. 뒤이어 셋, 둘, 하나…… 카운트다운과 동시에 수많은 등들이 날아올랐다. 밤하늘에 무수한 꽃등이 환하게 피어났다.

버스에서 그걸 보고 있을 은형도 어떤 소원을 빌고 있을까. 나는 아픈 그리움이 치받쳐 자작나무에 머리를 기대며 터져 나오려는 울음을 꾹꾹 눌렀다. 자작나무의 흰 수피에 박힌 검은 무늬가 내 이마를 무심하게 건드렸다.

'당신을 기다릴게요.'

지난날 이 나무 아래서 은형에게 해주었던 말이 아프게 걸렸다. 내가 은형에게 해 줄 수 있는 게 무얼까. 슬픔으로 가득한 기다림 말고는 아무 것도 할 게 없었다. 그러면 이제 그만 기다림을 멈추어야 할까. 생과 사의 각기 다른 공간에서, 결코 함께 할 수 없는 은형과 민하를 이젠 정말 떠나야 하지 않을까.

그래도 애타게 기원하고 싶었다. 은형이 나무껍질에 꼭꼭 눌러쓴 글귀처럼 은형과 민하 곁에서 늘 함께 있고 싶다는 기원을, 풍등처럼 환히 밝히고 싶었다.

하지만 그 기원은 아무 힘을 갖지 못 한다는 걸 안다. 간절한 소망을 담았어도 7분의 연소가 끝나면 저절로 사그라지며 떨어지거나, 최적의 기상조건 기류를 타고 난다 해도 어차피 되돌아오지 못 할 등이었다.

툭, 자작나무 이파리 하나가 내 어깨를 스치며 떨어졌다. 많은 날 동안 밝은 햇빛과 바람을 머금으며 실했을 한 세계의 소망이 가없이 스러지고 말았다.

나는 고개 들어 천변을 바라보았다. 은형을 태운 버스는 모퉁이를 돌았고 곧 후미등마저 가물해졌다. 날아오른 등들은 어둠 속에 한동안 떠있더니 먼 밤하늘로 희미하게 점점 멀어졌다. 잡을 수 없는 공허였다.

봄 없는 겨울

∞

　역 광장은 기차에서 내린 몇 사람의 발걸음 기척만 있을 뿐
적막했다. 역사 한편의 수령 오래된 버드나무 이파리는 바랜 녹
빛으로 희끗했다. 맞은편의 길게 뻗은 산자락 밑으로 짙은 산
그림자가 졌다. 그곳에 도로와 건물들이 조밀하게 자리한 시
가지가 있고, 바깥쪽으로 긴 강줄기가 에워싸듯 휘어 흘렀다.

　은곡隱谷.

　선혜의 한 때가 깊게 머물던 곳이다.

　새벽이었다. 선혜는 선명하게 가르는 어떤 느낌 때문에 불현
듯 잠이 깨고 말았다. 오래전의 한 기척이 불쑥 몸을 감싸 안는

듯해서 놀라 벌떡 일어났다. 내내 볼 수 없었던 누군가의 모습을 꿈에서처럼 본 것 같았다. 하지만 방 안에는 밤새 스며든 어둑함만이 내려앉아 있을 뿐이었다. 서늘한 공허가 다가들며 마른 울음이 치밀었다.

잠자리에서 일어나 방을 나왔다. 할 일이 없으면서 거실을 종종거리며 왔다 갔다 했다. 마시지도 않으면서 컵에 물을 따랐고 앉지도 않으면서 식탁의자를 뺏다 집어넣었다. 꺼낼 게 없는데 냉장고 문을 열어보았고 주방 싱크대 수도를 틀어선 애먼 물을 흘려보냈다. 볼일도 없으면서 화장실 불도 켰다 끌만큼 괜히 허둥댔다.

그러다 부리나케 건넌방으로 들어와 계절 지난 옷가지를 넣어 놓은 옷장의 맨 아래 칸을 열었다. 안쪽 깊숙한 곳에 손을 넣어 헤집자 자그마한 함 하나가 잡혔다. 그걸 꺼내 뚜껑을 열었다. 안에는 한 젊은 남자와 어린 아기의 모습이 함께 담긴 여러 장의 스냅사진이 있었다. 사진 속 남자가 사용했던 짙은 청색 표지의 다이어리도 있었는데 사용한 지면이 사월을 채 넘기지 못했다.

그걸 보자 더 초조해졌다. 긴한 볼 일이 있거나 누군가를 빨리 만나러 가야 할 것처럼 마음이 급했다. 그간 애써 눌렀던 시간들이 나, 여기 있어! 나, 여기 있다고! 아우성치며 삐져나오려 했다. 그러나 뼈 어딘가에 금이 가서 운신의 폭이 줄듯 다른 시간의 틈이 내리눌렀다. 당장 뛰쳐나갈 듯 차오르던 갈망은 어쩔 수 없이 사그라지며, 함을 다시 옷가지들 안쪽 깊숙이 집어넣고 말았다.

의미 없는 행동이 다시 반복됐다. 일없이 집안을 돌아다니며 방문을 열고 닫았고, 방방마다 커튼을 걸었다가 다시 쳤다. 텔레비전을 틀었어도 눈과 귀는 화면의 움직임이나 소리를 제대로 잡지 못했다. 모퉁이를 돌면 사라지는 길을 보듯 안타까움이 부글거렸다. 여명이 시작되었다. 더는 들뛰는 심정을 어쩌지 못 했다. 결국 누가 세차게 등을 떠미는 것처럼 집을 나서고 말았다.

그렇게 선혜는 지금 이곳 은곡에 와 있다.

∞

선혜는 역 광장을 지나 택시를 타고 시장 부근에서 내렸다. 건너편에 있는 시장터로 가기 위해 횡단보도에 섰지만 사실 막막했다. 찾아오긴 했어도 누가 손 내밀어 반기며 오라는 게 아니어서, 초대받지 않은 남의 집을 불쑥 찾아든 것처럼 무춤했다. 일단 길을 건너 시장터 쪽으로 향했다.

시장 주변은 몰라보게 변해 있었다. 낮은 지붕을 이고 오종종히 모여 있던 허름한 모습은 전혀 없고 깔끔한 현대식 상가

들이 자리했다. 부근 주택가나 골목도 반듯하게 새로 구획되어 어디가 어딘지 통 모르겠고 얼핏 본 시장 안도 복잡했다. 번잡하게 큰 도시가 아니라고 여겨서, 찾아보려는 곳을 당연히 알 수 있다고 생각했는데 당황스럽다.

짜내듯 그 시절의 주변 약도를 떠올려보지만 빈약했다. 찾으려는 집의 지번 주소는 물론이고 연락할 전화번호도 잊힌 지 오래였다. 그래도 시장을 한 바퀴 돌다 보면 가닥이 잡히지 않을까 싶어 난감한 마음을 추슬렀다. 집의 위치가 시장에서 멀지 않았다는 건 기억났다. 무엇보다 시가지를 감싸고 흐르던 강 주변이 선명했다. 그 선명함이 가슴 속에 깊은 우물처럼 자리하고 있음을 위안 삼았다.

시장 안으로 들어섰다. 점심 무렵이라 사람들이 북적였다. 걸음을 멈추고 잠시 서있는 선혜의 팔에 무언가 툭, 닿았다. 쳐다보니 대학생으로 보이는 한 무리의 젊은 여자들이 지나가면서 매고 있던 가방이 스쳤다. 그 중 한 학생이 통화를 하고 있는 내용으로 봐서 배낭여행 중인 것 같았다. 풋풋한 그들의 모습에 마리가 생각나면서 가슴이 베이듯 서늘해졌다. 잘 지내고 있는지…… 그러나 안부를 물을 수 없다는 게 서글펐다.

그때 어떤 기척이 머리 위로 휙 지나갔다. 제비였다. 시장 안에 웬 제비인가 싶어 의아한 눈길이 동선을 따랐다. 제비는 한 가게의 알루미늄 새시로 된 처마로 들어갔다. 안쪽에 둥지가 있었는데 여러 마리의 새끼가 목을 늘이며 삐약댔다. 먹이를 물어 나르는 중인지 한 놈에게 입안에 걸 토해 먹이곤 또 어디론가 바삐 날아갔다. 선혜는 계속될 어미 제비의 분주한 날갯짓이 부럽다.

눈길이 어느 가게 안으로 향했다. 조명 환한 유리 진열장과 벽에는 많은 시계가 걸려있었다. 그 앞으로 다가가서 진열대에 놓인 시계들을 물끄러미 바라보았다. 가게 주인이 손님에게 상품에 대해 얘기하다가 그런 선혜를 잠깐 쳐다보았다.

시계들은 모두 지금이라는 때를 표시하고 있었다. 그러나 선혜의 시간 흐름은 지나온 먼 곳으로 되짚어 향하려는 갈망이 지독했다.

∞

안 돼! 어딜 나가겠다는 거야?

선혜는 다급하게 소리치며 마리가 들고 있는 짐을 뺏었다. 그런 선혜를 마리의 친구인 새미가 씩씩대며 막아서더니 반말 짓거리로 달려들었다.

왜 못 나가게 하는 건데? 당신이 뭔데?

선혜는 어이가 없었고 부아가 치밀었다. 어떻게 친구 엄마에게…… 심정대로라면 혼쭐을 내고 싶지만 남의 자식 탓할 일이 아니었다. 그런 아이와 어울려 다니는 마리가 한심했다. 그 심정은 그대로 마리에게 향했다. 처음으로 손찌검을 했다. 얼마나 세게 때렸던지 손바닥이 얼얼했고 마리 얼굴에 손자국이 벌겋게 났다. 얼굴을 싸 쥔 마리의 표정이 일그러졌다.

새미가 선혜를 거세게 밀치며 악을 썼다.

씨팔! 애를 왜 때려!

무방비로 있던 선혜는 새미의 밀침에 발랑 나자빠지며 거실 장식장에 머리를 부딪쳤다. 아찔하면서 골이 흔들렸다. 옆에 있던 남편이 화가 나서 새미의 어깨를 쥐어박으며 소리쳤다.

이놈의 계집애, 어디서 이따위 짓이야?

야, 네가 뭔데 날 때려! 개새끼야!

새미가 앙칼지게 소리치며 남편에게 달려들었다. 순식간에 남편의 셔츠 앞섶이 찢어졌고 가슴팍에 생채기가 나면서 금세 핏방울이 맺혔다. 새미의 폭력에 놀란 남편은 대거리도 못 하고 얼굴이 하얗게 질렸다.

씨팔 놈! 야, 마리야 빨리 이 집구석에서 나가자!

새미는 남편에게 욕설을 하며 마리를 잡아끌었다. 선혜는 마리가 따라 나갈까봐 새미의 팔을 거세게 움켜잡으며 소리쳤다.

왜 마리를 자꾸 끌고 나가려는 거야? 너야 말로 왜 남의 집에 와서 못된 행패야? 당장 나가지 못해!

얼씨구, 쌍으로 지랄들 하네!

얼굴이 일그러진 새미가 선혜의 팔을 냅다 뿌리치더니 선혜의 머리채를 가차 없이 휘어잡았다. 선혜는 힘도 못 쓰고 새미 앞에 무릎방아를 찧으며 고꾸라졌다. 기겁을 한 남편이 머리채를 놓으라면서 새미의 등짝을 후려쳤다. 그러자 맞은 뺨을 싸쥐고 있던 마리가 달려들어 남편을 밀쳤다.

새미가 선혜를, 남편이 새미를, 마리가 남편을 잡고 늘어졌다. 넷이 엎치락뒤치락하는 모습은 여러 마리의 뱀이 꼬리를 물고 뒤엉킨 것 같았다. 선혜는 머리채가 잡혀 아픈 것보다, 딸 친구에게 폭행을 당한다는 사실이 참담했다.

새미는 아무래도 남편의 힘을 못 당했던지 할 수 없이 선혜의 머리채를 놓았다. 제지하던 남편의 완력 때문에 반소매 입은 팔이 벌겋게 부풀어있었다. 새미는 그런 팔을 주무르며 길길이 뛰었다.

개새끼! 너 같은 놈은 된 맛을 봐야 해!

새미는 친구 아버지에게 폭행당하고 있다며 지구대에 신고했다.

지난 오월에 선혜에게서 벌어진 일이었다.

∞

선혜가 시장 안을 지나 반대편으로 나오자 또 다른 도로가 나타났다. 그곳 주변 풍경도 서름했다. 어디로 가야 할지 머뭇거리는데 아까부터 쓰리던 속이 더 심해졌다. 근래 들어 끼니를 자주 걸러 그런 증상이 잦았다. 엊저녁부터 물 한 잔 마신 게 다였다. 뭐라도 먹어서 속을 달래야겠다 싶은데 마침 옆에 빵집이 있었다.

매장 안으로 들어와 빵이 있는 진열대로 갔다. 크루와상 두 개를 쟁반에 담아들고 도로 쪽으로 난 구석진 곳에 왔다. 창 전면이 통유리로 되어 있어 바깥이 훤히 내다보였다. 옆자리에 젊은 남녀가 있었다. 머리를 맞대다시피 뭐가 우스운지 킥킥대다가 선혜의 기척에 청년이 힐끗 쳐다보았다. 자신들만의 은밀한 공간에 누군가 들어선 게 김샌다는 표정이었다.

선혜는 그들을 등지고 앉아 빵을 한 입 베어 물었다. 입안이 껄끄러워서 무슨 맛인지도 모르겠다. 제대로 삼키지 못하고 우물거리는데 무심코 도로 맞은편에 눈길이 닿았다. 한 건물 앞에 은행나무가 있었다. 나무에 가려 금방 눈에 띄지 않았던 일층에 아기용품 매장이 있는 게 보였다. 예전의 상호명이 그대로인 것에 선혜의 눈이 크게 떠졌다. 그 가게가 아직도 있다는 사실에 뛸 듯 반가웠다.

그곳에서 마리의 기저귀와 배냇저고리를 처음 장만했다. 나비와 벌 모양의 모빌과 손에 쥐고 흔들 딸랑이도 샀다. 기어 다닐 때는 푸른 초원을 날아다니는 잠자리가 그려진 보행기도 샀다. 뭐라도 잡고 일어날 때는 유모차를 샀고, 돌이 되었을 때는 리본이 달린 앙증맞은 분홍신을 샀다.

선혜는 젖먹이 마리를 키우면서도 부업으로 수출품뜨개질을 했다. 남편 혼자 벌어들이는 많지 않은 월급에서 시가에도 생활비를 보태야 하니, 속옷마저 기워 입을 만큼 형편이 빠듯했다. 그런데도 마리에게 소용되는 것들은 죄다 브랜드 있는 것들만 먹이고 입히고 갖게 했다. 그러느라 늦은 밤까지 뜨개질을 했다. 목과 어깨가 뻐근했고 눈이 피곤했어도 마리에게 주는 거라면 어떤 고단함이나 남루함도 견딜 수 있었다. 그럴 수 있어서 행복했다.

그러나 지금 선혜는 황폐했다. 입안에서 우물거리던 빵은 목으로 넘어가지 않고 거친 질감으로 뒤구룩거렸다. 손에 들고 있는 나머지 빵조각을 그만 쟁반에 놓고 말았다.

∞

지난 오월에 새미의 신고로 출동한 경찰관은 선혜에게 먼저 사건 경위를 물었다. 선혜는 기가 막힌 상황으로 감정이 격해서 언성이 높았고, 일이 벌어진 과정을 말하는 것도 두서없었다. 그러자 새미가 선혜를 향해 애원조로 말했다.

어머니 왜 그러세요? 제발 좀 진정하세요!

조금 전까지 반말에 거친 욕설을 퍼붓고 폭력을 휘두르던 모습이 아니었다. 겁에 질린 표정으로 눈물까지 글썽였다. 경찰이 오기 전까지 묶여있던 머리칼은 언제 풀었는지 끄들린 것처럼 흐트러져 있었다. 경찰관한테는 놀라서 물을 좀 마셔야겠다며 원래도 다리를 절어 절뚝이는 걸음으로 주방까지 왔다 갔다 했다. 누가 보더라도 성치 않은 몸에 일방적으로 폭행당한 모습이었다. 상대는 어른이었고 남자였다. 그 처지를 이용하려는 새미의 의도에 선혜의 머릿속이 하얘지며 말문이 막혔다. 남편으로선 꼼짝 없이 몹쓸 가해자가 된 상황이었다.

경찰관은 네 사람의 인적사항과 서로의 관계에 대해 물었다. 남편과 마리의 이름을 받아 적을 때는 의아해하며 남편에게 되물었다.

아버지와 딸이 맞습니까?

남편은 대답하지 못했다. 경찰관은 이내 얼굴이 굳어졌다. 말하지 않아도 왜 일이 벌어졌는지 알겠다는 눈치였다. 조금 전과 달리 태도가 뻣뻣해지더니 말투가 고압적이기까지 했다.

스무 살이 넘으면 성인입니다. 부모라 해도 무조건 이래라 저래라 할 건 아니지요. 때가 어느 땐데 자식이라고 함부로 때려요, 때리길! 그리고 이유 없이 그러겠어요?

경찰관은 질긴 껌을 씹듯이 말했다. 그리고 수첩에 뭔가를 적으면서 마리와 새미에게 물었다.

얼마나 맞았어요? 어디를 맞았어요?

마리와 새미는 맞은 곳이라며 여러 부위를 내보였다. 그에 대해 기록하는 경찰관의 손길이 꼼꼼했다. 다른 경찰관은 그 부위와 흐트러진 거실 상태를 카메라에 담았다. 옆에는 참담한 몰골의 남편이 있었다. 찢어진 셔츠 사이로 보이는 가슴팍과 얼굴 군데군데 생채기가 나 있었다. 선혜 역시 얼굴과 팔, 다리에 상처가 났고 끄들린 머리칼이 헝클어져 있었다. 경찰관은 그런 둘에게는 형식적으로 묻고 기록했다.

자, 사건 접수가 됐습니다. 학생들이 부모를 처벌하길 원하면 형사 고발도 할 수 있어요. 그러려면 병원에서 진단서를 발부 받도록 해요!

경찰관은 당장이라도 남편을 현행범 취급하며 손목에 수갑을 채울 기세였다. 남편은 의붓딸을 학대하고 폭행한 몹쓸 계부가 되었다.

마리는 선혜를 힐끗 보더니 켕기는 표정으로 말했다.

처벌까진…… 원치 않아요. 그냥 여기서 나가면 돼요!

잠시 후 마리와 새미는 미리 싸두었던 짐을 들고 경찰관의 보호 아래 집을 나갔다.

남편도 찢어진 옷만 갈아입고는 아무 말 없이 현관을 내려섰다. 신발을 신는 얼굴이 심하게 굳어 있었다. 현관문 손잡이를 잡고 잠시 선혜를 돌아보던 눈빛에 진저리치는 경멸이 담겨 있었다. 남편이 나가고 철컥, 닫힌 문은 다시는 열리지 않을 듯 완강했다.

∞

모두 떠나버리고 썰물 빠진 황량한 갯벌 같은 집안에 선혜만 남았다. 거실은 난장판이었다. 넷이 뒤엉켜 몸싸움을 할 때 수족관에서 쏟아진 물과 넘어진 화분의 흙으로 바닥은 진창처럼 질퍽거렸다. 선혜의 모습도 엉망이었다. 새미에게 잡혀 헝클어진 머리를 대강 손 빗질 하자 뭉텅이의 머리카락이 빠졌다. 손가락 사이에 낀 검은 터럭들은 섬뜩했다.

선혜는 마리가 아직 아파트를 벗어나지 않았을 것에 생각이 미쳤다. 급하게 베란다로 나와 밖을 내다보았다. 경비실 쪽에 트렁크 문이 열린 콜택시 한 대가 서있었다. 마리와 새미가 짐을 싣고 있었다. 빨리 나가서 잡아야 한다는 조급함이 들었다.

그런데 이상하게 머릿속이 멍해지며 몸을 움직이지 못 했다. 붙잡아야 하는데, 저대로 나가버리면 안 되는데……, 절박하게 뭔가를 해야 함에도 몸이 따라주지 않는 꿈속처럼 무기력했다. 그러는 사이 마리와 새미가 탄 택시는 시야에서 사라져버리고 말았다.

지독한 상실감과 함께 석연치 않은 느낌이 뒤늦은 깨달음처

럼 관통했다. 새미의 거친 행동이 우발적인 게 아니었고 순순
히 내 보내지 않을 걸 염두에 두고 작정했다는 짐작이 들었다.

새미를 향한 증오가 걷잡을 수 없이 일었다. 순진한 마리가
꼬임에 빠져 휩쓸렸다는 낭패감이 들면서 또 다급해졌다. 다시
거실로 들어와 마리에게 전화를 걸었다. 버튼을 누르는 손이 흔
들려서 나사가 꼭 죄어지지 않은 장난감 로봇 손 같았다. 도대
체 왜 그랬냐고, 엄마는 네가 그래야 하는 이유를 잘 모르겠으
니 차분히 얘기를 해 보자고, 말하려 했다.

그러나 전화기에선 신호음 대신 엉뚱한 소리가 흘러 나왔
다. 지금 거신 번호는 없는 번호이니……. 아…… 선혜의 입에
서 허물어지는 탄식이 삐져나왔다. 다시 번호를 눌렀지만 마찬
가지였다. 지금 거신 번호는 없는 번호이니…… 전화 속의 안
내 음성이 아득했다.

선혜는 어디로든 마리를 찾으러 나가야겠다고 일어섰다. 허
둥대며 현관으로 바삐 걸음을 옮기다 물과 흙이 뒤엉킨 거실 바
닥에 그만 미끄러졌다. 주저앉으며 바닥을 짚은 손바닥과 엉덩
이의 옷자락에 누런 흙물이 오물처럼 묻었다.

다시 일어서려다 미끄덩 밀리며 또 넘어졌다. 아랫도리는 온
통 흙탕 투성이가 되었다. 선혜는 그런 자신의 꼴을 내려다보다
울고 말았다. 끄억! 끄억! 창자를 끌어올리는 울음소리가 비명
으로 퍼져 나갔다.

∞

마리가 이상한 징후를 나타내기 시작한 건 재작년 십일월이었다. 대입 수능을 끝내고 나더니 비상식적으로 분주했다. 새벽 일찍 집을 나가선 밤늦게 들어올 때가 허다했다. 함께 밥을 먹어 보지 못할 정도로 얼굴 보기가 힘들었다. 선혜는 마땅치 않았지만 그간 공부에 시달리던 압박감에서 벗어난 마음에 잠시 그러겠거니 이해했다.

하지만 점점 정도가 지나쳤다. 술에 취한 새벽 귀가가 잦아지면서 어처구니없는 짓들을 하고 다녔다. 몸을 가누지 못할 정도로 취해 친구에게 부축당해 들어왔고, 어떤 때는 심한 취기로 동네 마트 앞에 쓰러져 있는 걸 동네 사람 누가 지나다가 알려주기도 했다.

봄이 되어 대학생활을 시작한 후에도 그런 행태는 여전했고 학교를 가지 않는 날이 많아졌다. 어느 날은 친구들과 어울린 술집에서 다른 일행과 시비가 붙어 파출소까지 가기도 했다. 그런 일을 겪으면서 선혜의 충격은 이루 말 할 수 없었다.

선혜는 모든 부모들이 우려하는 사춘기를 마리가 온순하게 잘 넘겼다고 내심 안도했었다. 주변의 비슷한 연령대의 자식을 둔 부모들이 선혜를 부러워했다. 그랬던 아이가 뜬금없이 엇나가는 것에 갈피를 잡지 못했다. 처음에는 달래도 봤지만 수위를 넘는 일탈에 화가 나서 비난했고 통제하려 들었다. 그럴수록 마리는 뭔가를 터트리지 못해 폭발할 것처럼 위태로웠다. 모녀간에 불화의 날이 반복되었다.

∞

선혜는 마리가 집을 나간 며칠 후에 새미에게 전화했다. 엮이고 싶지 않지만 마리가 어디 있는지 알려면 도리 없었다. 새미는 짜증을 내며 마리의 행방을 가르쳐 주지 않았다. 한참을 사정해서 겨우 새미라도 만날 수 있었다.

만나기로 한 카페에는 선혜가 먼저 도착했다. 카페 바닥은 청소를 마친지 얼마 안 돼서 물걸레 자국이 채 마르지 않았다. 그늘진 숲의 축축한 이끼냄새가 났다. 비릿한 서늘함이었다. 그러나 한 겹 유리창 밖에는 밝은 햇살이 퍼져서 화사했다.

약속 시간이 훌쩍 지났는데도 새미는 도착하지 않았다. 그 후로도 이십 분이 더 지나서야 얼굴을 잔뜩 찌푸린 새미가 카페를 들어섰다. 선혜가 있는 자리로 오는 걸음이 반복적으로 기울었다. 어디에 부딪치거나 걸려 넘어질 것 같아 보고 있기 불안했다. 새미는 의자에 앉으며 오른쪽 다리를 제대로 구부리지 못해 막대기처럼 뻗쳤다.

선혜는 새미가 다리를 전다는 걸 새삼 되새겼다. 마른 침이 삼켜졌다. 맞물린 윗니와 아랫니에 혀가 닿자 찌르르하니 아렸다. 잠을 제대로 못자고 신경이 곤두서서 입안이 헐고 혓바늘까지 돋아있었다.

날 왜 보자고 했어요?

새미는 주머니에 양손을 넣은 채 선혜를 삐딱하게 쳐다보며 물었다.

마리 지금 어디 있니?

왜요? 알아서 뭐 하게요?

대꾸를 하는 새미의 표정이 비틀렸다. 선혜는 그 모습을 보자 며칠 전 일이 떠오르며 분노와 모멸감이 등줄기를 훑어 내렸다. 당장이라도 자리를 박차고 싶을 만큼 마주하고 싶지 않았다. 새미가 마리 곁에서 얼쩡거리는 걸 생각하면 징그러운 벌레가 몸을 기어 다니듯 혐오스러웠다. 하지만 전화번호마저 바꿔버린 마리의 새로운 연락처를 알려면 참아야 했다.

마리를 만나서 달랠 작정이었다. 철없는 생각에 사리분별 없었지만 지금쯤은 후회하고 있을 거라고. 친구를 잘못 사귀어서 그렇지 태생이 착한 아이인데. 내가 그렇게 키우지 않았는데! 선혜는 그런 생각으로 위안을 하지만 사실 두려웠다. 그간 마리에 관해 어느 만큼이나 알고 있었는지, 자식에 대해서라면 손바닥 보듯 훤한 게 엄마라는 단순했던 맹신을 확신하지 못 했다.

새미는 마리의 새 연락처를 묻는 선혜를 빤히 쳐다보며 느물댔다.

아줌마도 딱하네. 마리가 만나고 싶지 않다잖아. 그러니 더 이상 찾을 생각 마요. 잘 살고 있으니까 개붙지 말라고!

새미의 말과 눈빛에 경멸이 가득했다. 마리가 집을 나가던 날 출동한 경찰이 건네던 시선과 같았다. 그날의 치욕감이 다시 할퀴었다. 그와 함께 마리의 연락처를 알 수 있을까 했던 기대가 잘린 낙망과 배신감이 몰려들었다.

∞

마리 일이 벌어지기 얼마 전이었다.

마리는 선혜에게 학교를 그만 두고 집을 나가 살겠다고 말했다. 비싼 학비 들여가며 굳이 대학을 다닐 필요도 모르겠고 일자리를 얻어 스스로 생활하겠다고 했다. 선혜는 무슨 말 같지도 않은 소리냐, 누가 널보고 돈 벌어 오라더냐, 며 한바탕 잔소리를 해댔다. 그 후로 한 번 더 그런 말을 비칠 때도 귓등으로 흘렸다. 그때 선혜가 더 마땅치 않았던 건 집을 나가 같이 지내겠다는 친구가 새미이기 때문이었다.

마리가 고등학교 이학 년 때 같은 반이 되면서 알게 된 새미는 어릴 때 소아마비를 앓아 다리를 절었다. 선혜는 그런 새미가 딱해서 집에 놀러오면 살갑게 대해주었다. 어느 때부터 새미는 수시로 들락거리며 마리의 방에서 함께 잠을 잤고 밥을 먹었다. 딸 친구라 해도 식구가 아닌 남이 뻔질나게 드나들며 먹고 자는 건 불편했고 남편에게 민망했다.

그래도 대놓고 내색하지는 못하고 부모가 어떤 사람들이기에 딸자식이 툭하면 외박을 하도록 내버려 두는 걸까, 싶어 마리에게만 잔소리를 했다. 마리는 새미의 집이 시 외곽에 있어 막차 시간을 놓칠 때가 많아서라고 변명해주었으나 탐탁하지 않았다. 나중에 새미의 가정사를 알고 나서야 개운치 않은 이해를 하면서도 찜찜하긴 마찬가지였다.

새미 아버지는 새미가 어렸을 때 가족을 팽개친 채 몇 번이나 집을 나갔다가 얼마 전에 다시 들어왔다. 그간 가족의 생계나 아이들 양육은 새미 엄마가 공장을 다니며 꾸려왔다. 새미는 자라면서 가정을 돌보지 않는 아버지와 갈등을 겪었다. 상황이 심해지면 부녀가 서로 물건을 던지고 부수며 욕설도 오가는 격렬한 다툼을 벌였다. 그럴 때마다 새미는 집에 들어가지 않고 밖으로 돌았다.

그 당시 새미가 종이 가방을 마리의 방에 자주 갖다 놓았다. 선혜는 뭘까 이상해 하다 몰래 풀어본 적이 있었다. 열어본 가방 안은 당혹스러웠다. 노출이 심한 옷과 화장품, 굽 높은 구두, 요란스러운 장신구와 담배까지 있었다. 마리에게 다그쳤더니 잘 모르겠다면서 쭈뼛거렸다. 선혜는 새미의 행실이 뻔하다고 단정했다. 자칫 마리도 물들겠다는 우려에 같이 어울리지 말라고 호되게 못을 박았다.

그 후부터 새미는 집에 오지 않았고 삼학년이 돼서는 반이 바뀌어 얼굴 볼 일도 거의 없다고 마리는 말했다. 그리고 마리는 대학에 합격했으나 새미는 어려운 집안 형편으로 아예 대입시험을 치르지도 않았다. 그랬기에 선혜는 둘이 다시 어울릴 거라고는 생각하지 못 했다.

∞

빵집 안에서 내다보이는 바깥은 인적이 많지 않았다. 드문드문한 차량도 느린 속도로 지나다녔고, 길 건너편은 시장터를 조금 벗어났을 뿐인데 더욱 한적했다. 그쪽은 개발이 안 됐는지 선혜가 처음 이곳에 왔을 때 모습과 별반 다르지 않았다. 붉고 파란 기와나 슬레이트를 한 낮은 지붕들이 낯설지 않았다. 예전에는 상가들이었는데 지금은 대부분 주거지로만 사용하는 것 같았다. 영업을 하는 곳도 있는데 한 가게는 횟집과 다방을 겸하는지, 조합이 잘 안 되는 두 상호가 하나의 간판에 걸려 있었다.

유리창 앞으로 한 노부부가 지나갔다. 장을 보고 가는지 할

아버지는 양 손에 검은 비닐봉지를 여러 개 포개 들고 있었다. 아내일 할머니는 등이 굽었는데 빈손으로 할아버지 뒤를 따라 굼뜨게 걸었다. 할아버지는 길을 건널 때 차들이 오가는 걸 살핀 뒤, 짐 꾸러미를 한 손에 모아들고 할머니가 길을 잘 건널 수 있게 팔을 잡아끌었다. 무심한 몸짓 같아도 오래 함께 한 세월이 배어 있었다.

선혜는 문득 저들은 누구의 부모일까, 라는 궁금증이 들었다. 더불어 기억도 가물한 새파랗게 젊던 부모가 떠올랐다.

∞

아주 오래 전 봄날이었다.

정남향으로 넓고 푸른 바다가 보이는 집이 있었다. 그 바다는 뒷산의 산벚꽃이 날리는 봄날에는 함께 분분했다. 두꺼운 모직 같은 여름햇살이 길바닥에 부서지면 같이 햇살을 튕겨냈다. 갈빛이 고즈넉해지는 가을날에는 또한 같이 이슥해졌다. 눈 내리고 삭풍 몰아치는 겨울에는 그처럼 몸을 뒤틀었다.

그런 바다는 어렸던 선혜 가족의 생활터전이었다. 아버지는 어부였다. 그곳에서 여섯 살의 선혜는 부모의 온전한 사랑을 받으며 자라고 있었다. 그날, 미심쩍은 바람이 서성이긴 했으나 집 마당에서 보는 바다는 평온했다. 바닷가에서 웬만한 바람은 자주 있는 기후 현상이었다. 젊었던 아버지는 그만한 날씨로 조업을 못할 이유가 없다고 대수롭지 않게 여겼다. 아버지는 출항하기 전 어린 선혜와 잠시 놀아주었다.

선혜는 아버지에게 매달려 까르르거리며 즐거워했다. 부엌에서 단란한 부녀의 모습을 보는 어머니의 눈매도 하늬바람으로 감실거렸다. 그때 선혜 가족의 모습은 구도가 잘 잡힌 그림처럼 보기 좋았다.

하지만 그 정경은 예기치 않게 다가든 불행으로 훼손되고 말았다. 먼 바다로 나갔던 아버지는 급작스럽게 몰아친 광포한 바람과 파도에 배가 뒤집혀 목숨을 잃고 말았다.

아버지의 시신을 땅에 묻던 날 젊은 어머니는 땅을 치며 통곡했다. 남편 없는 세상 살 수 없다며 함께 묻어달라고 벌건 땅바닥을 뒹굴었다. 동네 사람 누군가 어머니를 안쓰럽게 잡아 일으켰다. 어머니가 입은 거칠고 누런 상복은 흙탕 범벅이었다. 말라붙은 피처럼 거뭇한 그 색은 여섯 살의 선혜에게 또 다른 불길함이었다.

해가 바뀌어 선혜는 일곱 살이 되었다. 어머니는 아버지를 잃은 슬픔에서 헤어나지 못해 어린 자식을 제대로 거두지 못했다. 선혜는 허청거리는 어머니 옆에서 혼자 잠을 깨고 혼자 놀다 잠드는 날이 태반이었다. 배가 고프면 키가 제대로 닿지 않은 찬장 앞에서 까치발을 하고 식은 밥 덩어리나, 동네 사람들이 갖다 준 쉬어 터진 김치 쪼가리를 뒤져 먹었다.

그리고 산벚꽃잎 분분히 흩날리는 봄이 되었다. 거친 바람이 불어대던 어느 날 새벽에 어머니는 어린 선혜를 남겨두고 집을 나갔다. 마당에는 뒷산에서 밤새 떨어져 내린 산벚꽃잎으로 흰 눈이 쌓인 것 같았다. 죽은 남편과 함께 묻어달라며 서럽게 태질 하던 어머니는 꽃잎을 밟고 또 다른 욕망을 찾아 떠났다. 아버지의 첫 기일을 며칠 앞 둔 날이었다.

집 왼편의 동쪽 산등성이에는 등대가 있었다. 바다 위로 머리를 푼 해무가 내려앉을 때면 등대는 부우, 부우 묵직하고 긴 무적을 슬프게 울렸다. 밤이면 긴 고깔 같은 불빛을 허망히 퍼뜨렸다.

혼자 남은 선혜는 불빛과 해무 속에서 애타게 부모를 찾았지만 아무도 없었다. 텅 빈 동굴 같이 되어 버린 집에 서러운 울음소리만 음울히 떠돌았다. 이후 선혜는 친척이 데려다 준 인근 도시의 한 보육원에서 자라게 됐다.

선혜는 부모가 있는 학교친구들이 부러웠다. 부모의 가슴에 빨간 카네이션을 달아 주어야 하는 어버이날이나, 도시락을 싸들고 와 줄 어머니가 없는 소풍이나 운동회가 싫었다. 입학식이나 졸업식 때면 가족과 기념사진을 찍는 친구들은 훈훈한 온기가 가득했다. 그 속에서 선혜만이 홀로 떨어진 섬이었다. 그런 날의 기념사진 속 옆자리는 무심한 표정의 보육원장만이 서 있었다.

성장하는 동안 가져야 했던 상실감은 어두운 청보라빛 일몰이 되어 무겁게 내려앉았다.

∞

찡~ 빵집의 자동 출입문이 열리며 대여섯 살 남자아이와 그보다 두세 살 많을 여자아이가 폴짝거리며 들어섰다. 부모일 젊은 부부도 뒤따랐다.

"난 빵 많이 먹을 거야."

"난 팥빙수."

아이들은 재잘대며 쟁반에 빵을 담았다.

"얘들아, 적당히 고르기야. 저번에 욕심 부리고 많이 샀다가 다 먹지 못했잖아?"

엄마는 아이들에게 짐짓 지청구를 하지만 얼굴에는 햇솜 같은 미소가 잔잔했다. 아빠는 계산대에서 빙수를 주문하며 허리춤에 매달린 딸의 어깨를 감싸 안고 있었다. 손길에 사랑스러워하는 기운이 물씬했다.

매장 안은 쾌적했다. 부드러운 조도의 전등 불빛과 구수한 빵 냄새가 포만감을 갖게 했다. 젊은 가족은 빵과 빙수를 먹으며 연신 웃음을 피워 올렸다.

엄마가 휴대전화를 들며 말했다. 자, 모여! 두 아이와 아빠가 엄마를 중심으로 우르르 얼굴을 들이밀었다. 딸은 손가락 두 개를 눈가 쪽으로 펴 브이 자를 만들었다. 아들은 양손으로 턱을 받치며 개구진 표정을 지었다. 아빠도 가지런한 흰 이를 드러내며 환하게 웃었다. 선혜는 그들 가족을 둘러싼 따뜻하고 긴밀한 유대가 한없이 부럽다.

선혜는 고등학교를 졸업하자 보호 종료가 되어 보육원을 나왔다. 성인이 되면 독립해야 하는 규정 때문이었다. 혈육은 아니지만 13년간 한솥밥을 먹었던 이들과의 헤어짐은 슬펐다. 보호해 주던 곳을 벗어나 혼자 살아가야 한다는 두려움도 있었다. 수중에는 자립지원금으로 받은 월세 방 한 칸 구할 정도의 보증금과 최소한의 생활비가 다였다. 다행히 보육원이 있는 도시에서 일자리를 구할 수 있었다. 중고등학교 과정의 참고서를 발행하는 한 출판사 지부였다. 하는 일은 사환도 겸한 경리 업무였다.

근무한지 사 년이 되어 갈 무렵에 직장 동료의 주선으로 한 남자를 만났다. 남자는 선혜보다 다섯 살이 많았고 선혜의 직장이 있는 도시에서 나고 자랐다. 그는 지방의 공업전문대를 졸업하고 군대를 제대한 후, 은곡에 있는 한 전자회사 지점의 출장 수리기사로 근무하고 있었다.

그와 처음 만난 날은 봄이 이울어가는 오월의 어느 일요일이었다. 약속 장소로 씩씩하니 들어섰는데 건강해 보이는 당찬 체구였다. 함께 있는 몇 시간 동안 서글하니 상대방을 편하게 해주었다. 그의 이름은 윤재현이었다.

∞

선혜는 재현과 만나는 횟수가 거듭될수록 신뢰가 깊어졌다. 재현은 그 해 시월에 선혜에게 청혼했다. 그 행위 속에는 성인 남자와 여자가 만나, 삶의 한 통과의례인 결혼이라는 그 이상이 포함되어 있었다. 사고무친인 선혜의 처지에 오롯이 자신을 이입시킨 진정과 애정이었다. 선혜는 그런 재현과 앞으로의 삶을 기꺼이 함께 하기로 약속했다.

선혜에게서 결혼은 아픈 상실을 채워줄 희망이었고 절실히 갖고 싶었던 울타리였다. 그 안에서 아이를 낳아 따뜻하게 보듬으며 도시락을 만들어 소풍이나 운동회를 따라 다니고, 아이를 중심에 세워 두고 환한 사진을 찍어주면서 부모라는 온기를 건네고 싶었다.

청혼을 받은 일주일 뒤 선혜는 재현의 부모에게 인사를 하러 갔다. 재현은 딸만 셋인 집의 아들이었고 4대째 독자로 이어져 온 집안이었다. 모든 부모가 그렇듯 넉넉하지 않은 살림이었지만 아들에게 건네는 사랑이 컸다. 자연 며느리에 대한 기대치도 그만했기에, 양친과 형제들 속에서 귀애함을 받고 자란 사람을 원하는 건 당연한 바람이었을 것이다. 그렇지 못해 고아로 자란 며느릿감에 대한 실망이 크다는 걸 선혜는 짐작했다. 재현의 부모는 선혜가 그 집을 나올 때까지도 냉랭했다.

그래도 둘은 한 달 후인 십일월에 결혼했다. 그날은 쾌청했고 기온도 온화했다. 신혼 살림지는 재현의 직장이 있는 은곡이었다. 선혜는 그토록 갈망하던 가족이라는 울타리가 생겼다는 게 행복했다. 남편이 있고 아버지, 어머니, 언니, 동생이라 부를 수 있는 시부모와 시가 형제들이 생긴 사실에 자다가도 눈이 떠질 만큼 신기했다. 따스한 햇살 내리는 툇마루에 앉아 있 듯 매일이 혼곤했다.

하지만 결혼한 지 삼년이 지나도 아이가 생기지 않았다. 병원에서 검사를 해봐도 부부에게 이상은 없었다. 주변 사람들도 아직 젊은데 좀 더 기다려 보라고 했으나, 재현은 아들을 낳아 대를 이어야 하는 책임이 부과되어 있었다. 선혜는 불안하고 초조했다.

시가에서의 재촉은 점점 심해졌다. 아이를 갖지 못한 책임을 선혜에게 전가했다. 고아라는 이유로 꺼려했던 노골적인 질타도 가세했다. 바람막이가 되어줄 친정부모 형제가 없으니 함부로 해도 된다고 여겼는지 선혜의 처지를 대놓고 무시했다.

자고로 여자가 해야 할 일이 뭐더냐? 집안의 대를 이을 손을 낳아야 하는 것 아니더냐? 그러지 않아도 손 귀한 집을 절딴 낼 참이냐? 부모를 일찍 여웠으면 자식이나마 척척 낳아서 제 식구를 불려야 할 텐데. 쯧쯧, 남들은 쑥쑥 잘만 낳더구만. 네가 복이 없는 게냐, 어쩐 게냐? 하긴 박복하게 부모 복이 없는데 자식 복은 있겠더냐. 그래서 꺼렸더니. 집안을 왜 보겠니? 부모형제 다복한 그늘이라는 게 그런 거니라!

시어머니의 혹독한 말은 날카로운 돌덩이가 되어 짓눌렀다. 박복한, 일찍 잃은 부모, 라는 말들은 비수가 되어 찔렀다. 결혼생활 내내 살얼음을 딛고 있는 심정으로 불안하고 아픈 나날이었다.

∞

빵집 안은 드나드는 사람들로 아까보다 북적였다. 뒷자리의 젊은 커플은 나가고 중년 여자들 셋이 들어와 소란스레 수다를 떨었다. 함께 어디를 갔다 왔는지 그 장소에 대한 이런저런 얘기들이 부산했다. 어느 대목에서는 잔뜩 목소리 낮춰 수군거리다가 갑자기 와하하하~ 매장 안이 들썩할 정도로 웃어젖혔다. 빵을 고르던 나이 지긋한 남자가 여자들을 쳐다보며 얼굴을 찌푸렸다.

선혜는 지금이라도 돌아갈까, 아니면 기억 속의 집을 계속 찾아볼까 망설였다. 이른 시간 잠이 깨어 홀린 듯 이곳을 찾아 들었지만, 막상 지나온 시간 너머의 갈피들을 헤뜨려 보기에는 사실 아팠다. 새삼 그곳을 찾아서 뭘 할 것인지 마땅한 이유도 없었다.

그러나 마리를 생각했다. 마리가 선혜에게 왔을 때의 의미는 어느 것도 대체될 수 있는 게 아니었다. 재현과 마리와 나누었던 평범해서 오히려 미어지는 삶의 한 자락이 오롯한 이곳이었다.

선혜는 자리에서 일어났다. 다문 입매 때문인지 표정이 다소 경직됐다. 남은 빵이 담긴 쟁반을 들고 계산대에 있는 종업원 앞으로 갔다. 쟁반을 반납하며 물었다.

"은곡강을 가려면 어느 방향으로 가야 하죠?"

"시장으로 들어가세요. 출입구를 나가서 왼쪽으로 돌아 좀 걸어가면 제방이 있는데 위에 도로가 있어요. 도로를 건너 내려가면 강이 나와요."

종업원은 선혜를 이곳에 처음 와 본 외지인이라 여겼는지 설명이 세세했다. 듣고 보니 아까 들어왔던 곳에서 멀지 않았는데 거슬러 와버린 모양이었다. 주변에 여러 길목이 새로 구획된 데다 예전에 없던 높은 건물이 들어차서 제대로 방향을 잡지 못 했다.

시장 안으로 되짚어서 들어왔던 출입구로 다시 나왔다. 밀집해 있는 주택들 사이로 난 골목길을 접어들었으나 다른 방향이었는지 엉뚱한 곳이 나와 지나는 사람에게 또 물었다. 알려준 대로 얼마큼 걷자 저만치에 삼사 미터 가량 높이의 제방 둔덕이 보였다. 기억 속 공간의 한 귀퉁이를 찾았다는 것에 순간 가슴이 후둑거렸다. 반짝, 불이 켜지듯 오래 전 풍경이 거기에 겹쳤다.

결혼 날짜를 받아 놓고 재현과 함께 이곳으로 집을 구하러 왔었다. 재현의 자취방에서 생활할까 했지만 장롱이며 가구를 들여놓기에는 비좁아서 좀 더 큰 곳으로 옮겨야했다. 그러면 시장이 가깝고 재현의 근무처에서도 멀지 않은 시가지 중심 구역이 나을 것 같았다.

사거리에서 시장을 거쳐 이 동네 끝에 왔을 때, 제방과 가까운 한 집의 담벼락에 방을 세놓는다는 종이가 붙어 있었다. 방은 주인과 대문을 같이 쓰면서도 부엌으로 따로 난 문이 바깥길과 연해 있었다. 늦은 시간 드나들 일이 있을 때는 불편하지 않을 듯했다. 주인집 가족은 내외에 노모와 두 아이가 있었고, 전세 가격도 준비하고 있는 돈과 얼추 맞았다.

선혜와 재현이 무엇보다 마음이 혹했던 건, 제방을 오르자 신기루처럼 나타난 도로와 아래로 툭 트인 강자락이었다. 마침 주변으로 가을 기운이 담뿍 내려앉고 있었다. 도로 양쪽에는 코스모스가 군락을 이루며 피었고 강물 위로 단풍든 나무들이 그

70

림자를 드리우고 있었다. 물새들이 자맥질을 하느라 수면으로 고요한 파장이 일었고, 강가의 갈대는 은빛 너울로 흔들렸다. 강 건너 산자락들은 갈빛으로 한창 물들었는데 겹진 능선들은 아스라해서 담채색의 수묵화를 보고 있는 듯했다.

결혼생활 동안 제방길과 강 주변은 선혜와 재현에게 또 하나의 일상이 되었다. 아침을 시작해서 저녁을 마치는 하루와, 봄, 여름, 가을, 겨울의 사계절에 그 배경은 함께 있었다.

∞

그때로부터 24년이라는 세월이 흘렀다.

선혜는 놓쳐버린 그 시간들에 울적해졌다. 잠시 멈춰서 제방 둔덕을 쓸쓸히 바라보았다. 그런 중에 신기하게도 이 부근을 오기 전까지 거의 생각나지 않았던 기억 속의 집 풍경이 어제 일인 듯 선명히 떠올랐다. 실꾸리에 감긴 실처럼 서둘러 풀려나왔다.

파란 칠을 한 목제대문이 있었지. 대문을 열고 들어서면 마루 앞까지 이어지도록 편편한 돌이 마당을 가로질러 징검다리처럼 깔려있었지. 마당 한편에는 푸성귀와 꽃들이 소담스레 심겨있었고 다른 한편에는 재래식 화장실과 펌프가 달린 수돗가가 있었지. 그 옆으로 푸른 잔디가 깔려 있고 주인집 아이들이 타던 노란 페인트칠을 한 그네가 있었지. 담 쪽으로 길게 맨 빨 랫줄에는 매일 마리의 기저귀와 옷들이 널려 환한 볕과 바람에 펄럭였지. 하루 일과가 끝난 저녁이면 대문 쪽에 재현의 출퇴 근용 자전거가 안정되게 세워져 있었지.

그러나 다시 걸음을 옮겨 그 집이 있었음직한 어느 집 앞에 섰지만 아닌 것 같았다. 짙은 쑥색 철대문이 마당 없는 살림 공 간과 바튯하게 붙어 있었다. 대문이야 시간이 많이 흘렀으니 그 대로가 아닐 수 있어도 지붕이며 집 모양이 기억 속의 집과는 많이 달랐다. 바로 옆집도 외장을 돌 문양의 타일로 마감한 이 층 양옥인데 낯설었다. 그 옆으로 전에 없던 3층짜리 빌라가 있 어 더 헛갈렸다. 분명 이 부근이 맞는데 예전의 그 집은 없었다.

엉뚱한 다른 곳에 와 있나 싶어지며 시장에서처럼 또 낙담이 들었다. 지나가는 누구라도 있으면 물어보겠으나 다니는 사람 이 없었다. 물어볼 수 있다 한들 집 주소며 주인이나 아이들 이 름도 기억이 없는데 뭘로 물어 볼까 싶었다. 그간 이곳의 모든 걸 일부러 잊었던 게 후회됐다. 이대로 그냥 돌아가야 하나 해 서 맥이 빠져 우두커니 서있다가 일단 돌아섰다.

날씨가 그리 덥지도 않은데 목덜미로 땀이 흘렀다. 손수건을 꺼내 닦느라 고개를 드는데, 두 집 건너쯤에 파란 기와를 올린 한 지붕이 보였다. 건물 몸체는 앞 건물에 가려 보이지 않아도 처마에 달린 덕송기름집이라는 상호의 낡은 간판이 뚜렷했다.

선혜는 비로소 한 기억을 환하게 붙잡았다. 그 시절 저 집에서 짜 먹었던 고소한 참기름 맛과 기계에서 빻아진 고춧가루의 맵싸함이었다. 기억 속의 집 대문을 나설 때면 간판이 마주 보였다는 것도 와 닿았다.

선혜는 기름집으로 들어갔다. 한 청년이 나왔다. 기억 속의 집에 대해 물었으나 잘 모르겠다며 고개를 저었다. 그러더니 안채에 대고 엄마, 좀 나와 봐, 라고 크게 말했다. 잠시 후 체구 자그마한 중년 여자가 나왔다. 그동안 주인이 바뀌었는지 어렴풋한 기억 속의 사람과는 다른 것 같기도 했다.

"누구를 찾아요?"

"아, 네…… 맞은편에 파란 대문이 있었고 식구 중에 할머니도 계셨던 집인데요. 남자 아이들도 둘이 있었는데 혹시 아시나요?"

"파란 대문? 글쎄…… 할머니가 계셨다고요? 누구넨가? 애들이 몇 살 쯤이나 됐어요?"

"정확히는 모르겠고 지금 서른 살쯤일 거 같은데…… 주인 내외분 연세는 예순 쯤 됐을 거예요."

"가만있어 보자, 정구넨가? 그 집은 이사 갔는데…….."

기름집 여자가 말하는 정구라는 이름에 귀가 쫑긋했다. 당시 초등학교에 다니던 큰아들이 생각나면서 가슴이 두방망이질했다. 하지만 이사 갔다는 말에 또 기운이 빠졌다.

"아…… 그럼 어디로 갔는지는 아시나요?"

"그런데 그 집하고는 어떤 사이예요?"

기름집 여자의 누군데 남의 집에 대해 묻나 의심스러워하는 말에 선혜는 선뜻 대답하지 못했다. 자신을 알지 못하는 사람에게 지난 시간에 대해 주저리주저리 늘어놓는 게 버거워 얼버무렸다.

"먼 친척인데 오래 전에 와 보곤 왕래가 없었더니 알 수가 없네요"

"그래요?"

기름집 여자는 미심쩍어 하면서도 친척이라는 말에 밖으로 나와서 아까 보았던 빌라를 가리켰다.

"저 빌라 301혼데, 아줌마가 지금 집에 있으려나 모르겠네."

∞

선혜는 빌라 마당으로 들어섰다. 제방이 마당과 연해 있어 자연스럽게 담 역할을 하고 있었다. 제방 둔덕에 금계국과 개망초 꽃들이 무성하게 피어있고 은행나무 몇 그루도 늘어서 있었다. 그 간격 한 군데에 빌라 주민일 누군가 줄을 매달고 이불을 널어놓았다. 꽃무늬의 얇은 이불이 볕에 보송하게 말라가고 있는 정경에 어쩐지 안도감이 들었다.

3층까지 난 계단을 단숨에 올랐다. 301호 현관문 앞에서 깊게 심호흡을 했다. 이 집이 맞는지, 그들이 자신을 알아 볼 수는 있는지 기대와 불안으로 초인종을 눌렀다.

"누구세요?"

인터폰으로 나이 든 여자의 목소리가 들렸다. 선혜는 머뭇거리다 조금 전 기름집 여자가 말하던 정구라는 이름을 떠올렸다.

"여기가 정구네 집이 맞나요?"

"그렇긴 한데……"

이름이 불리는 것에 뜨악해 하는 말소리와 동시에 현관문이 열렸다. 한 아주머니가 나왔다. 쌍꺼풀진 동그란 눈에 광대뼈 부근으로 깨알 뿌려 놓은 것처럼 주근깨가 박혀 있었다. 기억 속 마흔 어름이었던 집주인아주머니의 모습이 겹쳤다. 찾고자 하는 집이 맞았다.

"아주머니…… 저, 마리 엄마예요. 알아보시겠어요?"

"마리 엄마?"

"예전에 건넌방에 세 들어 살던 새댁이에요."

"아이구머니나! 세상에…… 우리 여기 사는 거 어찌 알고 찾아 왔누?"

아주머니는 다급히 선혜의 손을 부여잡아 집안으로 데리고 들어갔다. 음료수를 갖다 주는 허둥지둥한 움직임에 반가움과 놀람이 물씬했다.

"아이구, 이 사람아. 그동안 어떻게 살았든가? 무정하기도 하지. 그렇게 가고 난 뒤 연락을 끊어서 얼마나 안타까웠는데. 쯧쯧."

"죄송해요."

"가끔 새댁 생각이 나면 어떻게 살고 있나 궁금했는데 이렇게 다시 보게 될 줄은 꿈에도 생각 못 했네. 참, 애기도 잘 있지?"

아주머니의 말투가 애기라는 부분에서 조심스럽다.

"…… 네."

대답을 하는 선혜의 목소리가 힘이 없었다. 그러나 누군가에게 마리라는 존재가 여전히 선연하다는 것에 가슴이 메였다.

"지금 아마 스무 살쯤 됐나?"

"네. 스물 한살이예요. 대학생이 됐어요."

"벌써 그렇게 됐구나. 어린 거 어떻게든 놓치지 않으려고 무진 애를 쓰더니. 이때껏 키우느라 얼마나 고생을 했을 거나. 쯧쯧, 제 아빠가 있……"

아주머니는 마리가 대학생이라는 말에는 얼굴에 밝은 빛이 돌더니 아빠라는 말에선 끝을 흐렸다.

∞

선혜가 핏덩이였던 마리를 품에 안은 건 이십 일 년 전이었다. 그 해 구월은 남쪽 지역에 가을장마가 기승을 부렸다.

어느 날 밤이었다. 열두시가 다 되어가는 시각이었다. 고단했던 재현은 잠들었는데 선혜는 잠이 오지 않았다. 불을 끈 채 재현이 깰까 소리를 작게 하고 텔레비전을 보았다. 마감 뉴스에서는 태풍으로 피해를 입은 상황을 집중 보도했다. 화면에는 산사태로 일가족이 흙더미에 파묻히거나 억수같은 비에 집기들이 떠내려가는 등 난리였다.

그걸 보며 딱해 하다 깜빡 잠이 들었다. 어수선한 이명에 눈을 뜨니 정규방송이 끝난 텔레비전 화면에선 무분별한 선들이 치직댔다. 어슴푸레한 속에 새벽 두시를 넘고 있는 벽시계가 보였다. 텔레비전을 끄고 누웠으나 또 잠이 오지 않았다. 뒤척이며 돌아눕는데 잠깐 잠이 들었을 때 꾸었던 꿈이 문득 생각났다.

싱그러운 햇살 아래 푸른 고추밭이 끝도 없이 펼쳐있었다. 그곳에서 크고 실한 푸른 고추를 한 바구니나 땄다. 꽉 찬 바구니를 안고 뿌듯해서 목젖이 보이도록 한껏 웃고 있는데 어디선가 오월의 아카시아꽃 향이 흘러들었다. 향은 아주 짙어서 맡고 있다 보니 어질머리가 일어 휘청거리다 잠이 깨고 말았다.

꿈속의 꽃 향은 여전히 코끝에 감겨 실제인 듯 선명했다. 이상한 꿈이네. 선혜는 혼자 소리를 하며 옆으로 돌아누웠다. 재현에게서 가늘게 코 고는 소리가 났다. 얼마 후 추석에 생각이 닿았다. 시부모를 대해야 할 일에 마음이 무거웠다. 그 생각을 떨치려 억지로 잠을 청해보지만 자꾸 뒤척였다. 저녁을 좀 짜게 먹었는지 갈증도 일었다. 물이나 한 잔 마셔야겠다 싶어 이불을 걷고 부엌으로 나왔다.

그때 무슨 소리가 들렸다. 겨울날 문풍지가 떨리는 소리 같았다. 아니면 새벽녘 짝을 찾으러 다니는 고양이의 성마른 울음소리 같기도 했다. 선혜는 고양이인가, 대수롭지 않게 여기며 냉장고에서 물병을 꺼내는데 다시 소리가 들렸다. 바로 길과 연해 있는 부엌문 앞에서 나고 있었다. 고양이라면 쫓아버려야겠다 싶어 문을 열다가 흠칫 놀랐다.

고양이가 아니었다. 희끗한 물체가 눈에 잡혔는데 소리는 거기에서 나고 있었다. 조심스레 손을 뻗어 만졌을 때 물체의 촉감이 뭉클 전해졌다. 오소소 소름이 돋으며 화들짝 손이 떼어졌다.

물체는 허술하게 뚤뚤 싼 포대기였고 안에 아기가 있었다. 싸늘한 밤기운에 기진한 울음소리를 내는 얼굴빛이 퍼렇게 질려 있었다. 아기는 얼추 백일 안팎으로 보였는데 성별이 여자라는 것 외엔 신상에 대한 아무 것도 없었다.

주인집 식구들은 누군가 선혜 부부에게 아이가 없다는 걸 알고 일부러 갖다 놓은 업둥이 아니냐고 했다. 선혜와 재현은 일단 유기된 아기에 대한 신고를 했고, 아기는 영아보육기관에

맡겨졌다. 그곳에서 일정 시기를 보낸 뒤에도 부모가 나타나지 않자 시설에 들어온 날에 맞춰 보육원장의 성을 따라 출생 신고가 됐다.

선혜는 아기가 계속 마음에 걸렸다. 부모에게 무슨 사정이 있었기에 낳은 지 얼마 되지도 않은 자식을 저토록 허술히 버렸을까, 아기가 견딜 수 없이 가여웠다. 지난날 보육원에서 자라며 가졌던 아픔들이 떠올랐다.

초등학교 때 반 친구 중 한 아이에게서, 고아년이라는 놀림을 받았던 수모가 잊히지 않았다. 중학교에 다닐 때에는 반장 선거에 나가려고 하자 담임교사가 따로 불렀다. 부모도 없는데 반장 뒷바라지를 할 형편이 아니지 않으냐면서 나가지 말라고 했다. 고아라는 꼬리표는 억울한 트라우마였다.

버려진 아기도 그런 아픔을 겪어야 할 것에 감정이입이 되었다. 자신과는 아무 상관이 없는데도 시설에 보냈다는 게, 마치 일부러 버렸다는 죄책감마저 들었다. 재현에게 그런 심정을 털어놓자 마찬가지였는지 내내 마음 쓰인다고 했다. 그러면서 아기를 입양해서 키우면 어떻겠냐는 말을 조심스럽게 했다. 그 말에 선혜는 잃었다 놓친 걸 되찾은 듯 기뻤다.

그러나 제 핏줄이 아니면 안 된다는 완강한 시부모에게 근본도 모르는 남의 아이는 용납되지 않았다. 업둥이가 들어왔다는 자체만으로 불쾌해했다. 그런 사단이 임신을 하지 못한 선혜 때문이라며 반대가 극심했다. 그럼에도 선혜와 재현은 아기를 키우기로 결정하고 절차를 밟아 데려왔다.

∞

재현은 아기에게 좋은 이름을 지어 주기 위해 한자사전을 분주하게 넘기고 또 넘겼다. 순 우리말 이름도 좋을 것 같다며 휴일에는 도서관에 가서 우리말사전을 열심히 찾아보기도 했다. 그러더니 아무래도 전문가에게 맡겨야겠다며 작명가를 찾았다. 평생 쓸 이름인데 함부로 지을 수 없다는 거였다. 작명가에게 받아온 이름 세 개중에서 한 이름에 무척 흡족해했다.

마리! 난 이게 좋은데 당신은 어때? 마노 마瑪에 이로울 리利. 마노가 석영이라는 보석을 뜻한대. 이로운 보석, 좋지? 그리고 이름은 발음하기 편해야 하잖아. 글로벌시대니까 애가 이다음 외국을 자주 드나들지 모르는데 외국인들에게도 불리기 쉬워야 할 거야. 무엇보다 사랑스럽잖아. 마리! 마리!

재현은 그때 마리라는 이름을 연신 불러보며 뿌듯해했다. 아이가 이미 자라서 바라던 대로 된 듯 들떴다. 모든 부모가 제 자식에게만큼은 바보일 수밖에 없는 팔불출이 따로 없었다.

선혜와 재현에게 마리는 또 다른 삶의 의미가 되었다. 불임의 압박으로 지쳐가던 부부에게 따뜻함을 주는 촉매제였다. 마리가 온 후 재현은 싱글벙글이었다. 일을 하러 나가서도 마리를 눈에 밟혀했다. 퇴근해 들어와서는 안고 어르느라 정신이 없었고, 목욕이며 기저귀를 갈아주는 일까지도 직접 하고 싶어 했다. 밤에 곤하게 자다가도 마리가 칭얼대면 벌떡 일어나서 달랬다. 그토록 지극정성인 재현을 보노라면 짠할 때가 많았다. 저리 좋아하는 아이인데…… 제 자식이라면 오죽할까 싶어 임신이 되지 않는 게 미안할 정도였다.

선혜는 마리가 오고 난 후에, 어쩌면 친부모가 챙기지 못 했을 백일기념 삼아 가족사진을 찍었다. 세상이 규정한 부모 자식이라는 균형 잡힌 선명한 사진이었다. 여섯 살의 기억 속에 뭉그러진 흐릿한 장면이 아니었다. 사진 속에서 부모인 선혜와 재현은 입이 함박만 했고, 자식으로 사이에 안긴 마리의 모습은 젖살이 올라 포동하니 사랑스러웠다.

사진관 주인은 사진이 잘 나왔다며 전시대에 걸어 두었다. 선혜는 그 앞을 지날 때마다 추운 겨울날 화로 앞에서 불을 쬐는 것처럼 따뜻했다. 지나는 사람 아무나 붙잡고 가족임을 마구 자랑하고 싶었다.

이 사람이 내 남편이에요. 건실해 보이죠? 처자식을 아주 위한답니다. 이 아기는 내 딸이에요. 예쁘죠? 이제 백일을 지났을 뿐인데 벌써 낯을 가리느라 아빠 엄마 말고 다른 사람에게는 통 안 가려고 해요. 낯을 일찍 가리는 아이들이 머리가 좋다네요. 호호호!

그런 말들이 봄날의 아지랑이처럼 수다스럽게 피어올랐다. 하루하루 마리가 자랄수록 선혜와 재현이 갖는 행복은 컸다.

하지만 행복의 부풀어 오름은 오래 가지 못했다. 시부모는 여전히 핏줄에 대한 집착을 놓지 않았다. 남의 자식을 왜 키우냐며 임신도 못 하는 여편네와는 이혼하라고 재현을 압박했다. 세상에 널린 게 여자들이다, 어차피 둘 사이에 자식도 없고 남자가 한 번 결혼한 건 흉도 아니니 처녀장가도 얼마든지 갈 수 있다고 했다. 그래도 말을 듣지 않으면 부모자식 간 인연을 끊겠다고까지 했다.

∞

"아주머니, 언제 이사하셨어요?"

"6년 쯤 됐지. 둘째까지 결혼시키고 먼저 살던 집은 처분했어."

"그런 걸 모르고 예전 집이 보이지 않아서 난감했네요."

"그 집을 산 사람이 세를 놓느라 마당을 없애고 방을 새로 들여서 그래. 집 모양도 많이 손을 봐서 우리가 살 때랑 아주 달라졌어. 새댁네 살던 방도 안채 넓힌다고 터서 주방과 욕실이 됐거든."

선혜는 살던 집이 다른 사람에게 팔리고 사용하던 공간마저 없어졌다는 것에 많이 서운했다. 당연히 옆에 있을 거라 여기고 무심했던 게 어느 날 흔적도 없이 사라져버린 안타까운 심정이었다. 그리고 아주머니를 만났다는 안도감에 안부를 챙기지 못했던 할머니가 비로소 생각났다.

"참, 할머니랑 아저씨는 잘 계시죠?"

"에휴, 이 좋은 세상 뭐가 급한지 벌써들 가셨네. 어머니는 십 년 전에 돌아가시고 영감도 삼 년 전에 아파서 갔다네. 두 양반이 새댁 얘기를 자주 했어. 어머니는 돌아가실 때까지도 새댁 한 번 봤으면 좋겠다고 자주 그러셨는데. 그전에도 새댁을 딸 대하듯 했잖아. 마리는 또 얼마나 예뻐하셨누."

아주머니는 앉아있는 자리의 벽을 가리켰다. 벽에는 들어오면서 미처 보지 못했던 두 사람의 사진이 걸려 있었다. 영정사진으로 쓰였을 생전 모습이었다. 선혜는 할머니를 이젠 볼 수 없다는 안타까움이 일며 더 빨리 찾아보지 않았다는 것에 죄스러운 후회가 들었다.

"우리 어머니 살아온 인생은 한이 많다네. 나도 시집 와서 들었는데 우리 영감 막내 여동생이 있었다는 거야. 태어나면서 아예 눈이 멀었는데 시할머니는 그 탓을 우리 어머니한테 해대며 갖은 구박을 했다더구만. 손녀인데도 꼴 보기 싫다고 한 번 안 아주지도 않았던 모양이야."

아주머니가 할머니 사진에 측은한 눈길을 두며 말했다.

"그 막내딸이 너댓 살 됐을 때 어머니가 잠시 밭일을 가느라 아무도 없는 집에 재워 놓았더니 오기 전에 깼나 봐. 엄마를 찾으며 울다가 요 앞 강까지 갔는데 그만 빠져 죽었어. 그때는 제방이 없어서 곧바로 강이었거든. 우리 어머니 속이 어땠겠나. 평생을 한이지. 자식 눈 멀어 태어난 것도 기막힌데 구박만 받던 불쌍한 걸 그렇게 놓치고 말았으니. 새댁 우리 집에 있을 때 어머니가 살뜰히 보듬어 준 것도 아마 당신 살아온 거랑 막내딸 생각이 나서 그랬을 거야."

셋방을 얻으러 왔을 때였다. 할머니는 처음 보는 남인데도 집에 온 손님 그냥 보내선 안 된다며, 선혜와 재현을 마루에 앉히곤 찐 고구마와 식혜를 내왔다. 계약을 끝내고 나올 때까지 할머니가 건넨 챙김은 따뜻했다.

결혼하고선 살림하는 것도 자상히 알려 주었고 선혜의 처지를 알게 된 후로는 딸처럼 보듬어 주었다. 시부모 등쌀에 힘들어 할 때면 괜찮단다, 다 지나 갈 세월이란다, 몸 건강히 의좋게 살면 되느니라, 면서 등을 토닥였다. 임신을 하지 못하는 선혜를 위해 새벽이면 장독대에 정화수를 떠놓고 삼신할미에게 빌어주기도 했다. 마리가 왔을 때는 예쁜 네가 이렇게 찾아오려고 어미 애를 태웠구나, 라며 좋아했다.

마리는 한동안 밤이면 잘 자지 않고 울어댔다. 할머니는 쩔

쩔매는 선혜와 재현이 안타까워서 자주 데려가서 달랬다. 나이 든 노인에게 우는 아이를 돌보는 건 힘들었다. 새벽녘까지 울어대다 지쳐 떨어진 마리를 이불에 누일 때면 등은 한층 굽어 보였다.

그리고 혹시 부정 타서 그런지 모른다며, 어느 날은 늦은 밤 시각을 택해 직접 찐 붉은 시루떡 앞에서 촛불을 밝히고 지성으로 빌어주었다. 서늘한 밤기운과 차가운 땅바닥에 노쇠한 무릎을 꿇고, 간절한 염원을 건네주는 할머니에게 선혜는 미안했고 고마웠다.

그런 비손 덕분이었는지 마리는 밤에 우는 게 덜해졌다. 얼마 지나서는 잘 자게 돼서 여간 신기한 게 아니었다. 그 시기 아기들이 한 번씩 앓고 나면 쑥쑥 크는 자잘한 병치레도 몇 번 있었지만 무탈하니 자랐다. 자잘한 증세라는 게 체하거나 감기에 걸리는 건데, 병원 문도 닫는 밤늦은 시간에 발병하면 육아 경험이 없다보니 허둥거렸다. 그럴 때마다 할머니가 응급처치를 해주어 한시름 덜곤 했다.

할머니는 선혜에게 지친 못지않은 무게였다.

∞

아주머니가 선혜의 손을 안쓰럽게 잡았다.

"물어 봐도 되려나 모르겠는데…… 그래, 젊디젊은 나이에 당연히 좋은 사람 만났어야지. 가슴 뭉그러진 옛날 일 붙잡고 있으면 뭐 할 건가. 산 사람은 살아야지!"

그동안 선혜가 살아온 게 궁금해서 혼자 묻고 대답하던 아주머니는 기어코 눈물자락을 내보였다. 선혜는 그 모습을 보지 않으려 베란다 창 너머로 펼쳐진 바깥으로 눈길을 돌렸다. 멀리 푸른 산자락이 너울처럼 다가들었다.

마리가 온 다음 해였다. 선혜에게 그해 봄은 가혹했다.

그날도 재현은 마리 문제로 아버지와 통화를 하고 있었다.

아버지, 정말 이러시깁니까? 집사람이 뭘 잘못했습니까? 그런 식으로 말씀하시면 저도 하자 있는 거 아닙니까? 우리 둘 다 아무 이상 없다잖아요. 집사람이나 저나 젊어요. 아이 낳을 날이 충분하다고요!

부모의 등쌀에 참고 참던 재현은 처음으로 대들었다.

마리가 어때서요? 그 아이도 인연이 지워졌으니 우리 자식으로 왔겠지요. 그런 아이를 어떻게 내칩니까? 네에~ 아버지! 정 그렇게 자식하고 인연을 끊고 싶다면 마음대로 하세요!

재현은 소리치며 수화기를 팽개치듯 놓았다. 옆에서 통화 내용을 듣고 있던 선혜는 아주 불편했다. 임신을 못 하는 게 자신의 잘못도 아닌데 죄인 같은 심정이었다. 힘겨움이 내리누르는 재현의 등을 다독여 주고 싶어도 차마 다가가지 못했다.

며칠 후 이른 아침이었다. 재현은 잠에서 깨어 갑자기 가슴 통증에 고통스러워했다. 놀란 선혜가 병원에 가보자고 했지만 피로해서 그런 거라며 좀 누워있으면 괜찮다고 했다. 당시 회사에서 재현의 업무가 많았다. 업무량은 늘어나는데 수리기사가 충원되지 않아, 은곡 뿐 아니라 근접한 타 지역까지도 담당해야 할 만큼 근무 환경이 열악했다. 어떤 땐 휴일도 없이 밤늦은 시간까지 차량 운행을 하며 어두운 길을 오갔는데 피로감을 달고 살았다.

재현은 잠시 누워있더니 괜찮아졌는지 일어나서 평소처럼 차려준 밥을 다 비웠다. 마리를 잠시 어르다 자전거를 타고 제방 길을 달려 출근까지 제대로 했다. 그랬기에 선혜는 이상 증세를 보인 걸 크게 염두에 두지 않았다.

그날은 마리가 딱히 아프지도 않은데 오전 내내 칭얼대며 보챘다. 선혜를 좀체 떨어지지 않으려 했다. 뭘 좀 하려고 조금만 움직여도 불에 덴 것처럼 자지러지게 울어 젖혔다. 평소 순하던 아이가 그러니 별스러운 일이었다. 선혜는 집안일을 죄다 미뤄두고 아침나절을 마리 곁에만 붙어 있었다.

점심 무렵이 되어서야 보채던 마리가 겨우 낮잠이 들었다. 아이가 자는 동안 서둘러 빨래를 하고 있을 때였다. 재현의 근무처에서 전화 연락이 왔다. 출장수리를 나갔던 재현이 가슴이 아프다며 쓰러졌는데 병원으로 가는 도중 사망했다고 했다. 사인은 갑작스러운 심장 발작이었다.

아침에 아파했을 때 별 거 아니라고 했지만 재현은 간헐적인 가슴 통증으로 진료를 받은 기록이 있었다. 병원에서는 그에 대한 기본적인 검사를 했고 별 다른 이상이 없었다는 진단 소견이었다. 선혜는 그 사실을 재현이 죽고 나서야 알게 됐다.

∞

재현은 겨우 서른셋이었다. 앞으로 펼쳐질 수많은 시간들을 껴안아야 했다. 마리가 한 해 한 해 자라나는 시간들을 선혜와 함께 지켜주며 바라보아야 했지만 그럴 수 없게 됐다. 선혜에게 그 사실은 거센 빗줄기에 온 몸을 내던진 으슬한 시림이었다. 콸콸거리며 휘도는 거친 물살의 여울목에서 속절없이 부딪치는 휘청임이었다.

시어머니는 장례식장에서 생떼 같은 내 아들 잡아먹은 년! 이라고 악을 쓰며 선혜의 머리채를 휘어잡았다. 집으로 와서까지 세간살이를 마구 집어 던지며 부셨다. 선혜는 폭력을 당하면서도 무조건 이해했다. 마리를 떠올리며 충분히 그럴 수 있다고 여겼다. 무엇과도 바꿀 수 없는 자식을 졸지에 잃은 사람이었다. 선혜 자신도 어미였다.

시부모는 재현 앞으로 지급된 사망보험금과 퇴직금도 몽땅 가져갔다. 심지어 선혜가 살고 있는 방 전세금마저 되돌려 달라고 집주인아저씨에게 억지를 부렸다. 집주인아저씨는 엄연히 법적으로 배우자가 우선이므로 줄 수 없다고 강경했다. 그 바람에 그 몫은 겨우 선혜에게 돌아왔다.

선혜는 시부모를 원망하지 않았다. 결혼을 결심한 날부터 그들은 피를 받은 부모나 마찬가지였다. 재현이 사라진 후에도 그 무게는 덜하지 않았다. 마리를 키우면서 가족이라는 울타리를 지속시키고 싶었다.

하지만 시부모는 냉담했다. 모녀를 자신들과는 무관한 존재로 쐐기를 박았다. 선혜를, 어미 도망친 박복한 고아에다 임신도 하지 못하고 남의 아들마저 잡아먹은 팔자 사나운 년이라고 했다. 뿌리도 모르는 불길한 업둥이를 끌어들이는 바람에 재현이 횡액을 당해 죽었다고도 했다.

아픔은 또 있었다. 주변 사람들의 염려였다.

아이를 혼자 어떻게 키울 거야? 배 아파 낳지도 않은 남의 애 때문에 고생할 필요 뭐 있어. 매정하다 싶어도 보육원에 보내!

선혜는 귀를 막고 싶었다. 마리가 왔던 날이 잊히지 않았다. 새벽 한기 속에서 퍼렇게 질려있던 얼굴과 배가 고파 제대로 울지도 못해 끙끙대던 울음소리가 왕왕 울렸다. 거기에 보육원의 정문을 막막히 바라보던 일곱 살의 어린 자신이 겹쳤다. 화사한 넝쿨장미가 휘감고 있어도 군데군데 칠이 벗겨져 녹이 슨 조악한 철문이었다. 그 앞에서 와왕! 서러운 울음을 터뜨렸던 오래전의 기억이 아팠다.

선혜는 무릎을 베고 잠든 어린 마리의 얼굴을 어루만졌다. 속눈썹이 채송화 씨앗처럼 검게 촘촘했고 포동한 손가락과 귓불이 야들했다. 몸에선 아직도 달큰한 젖내가 묻어났다. 무엇과도 견줄 수 없는 애틋한 사랑스러움이었다. 그만큼이나 슬픔은 무겁게 얹혔다.

열린 창으로 새끼 거미 한 마리가 거미줄에 매달린 게 보였다. 바람이 없는데도 흔들려 떨어질 것 같아 조마조마했다. 선혜는 세차게 고개를 저었다.

안돼! 이 아이에게 나마저 없으면 소풍도 운동회도 늘 혼자여야 하는데!

아무도 없었던 지난날의 지독한 외로움과 그리움이 튀어 올랐다.

재현의 장례를 치루고 난 선혜는 은곡을 떠나기로 결심했다. 피를 나눈 사람들만이 온전한 가족이라고 정해진 세상의 틀은 너무 견고했다. 마리의 출생에 대해 아무도 모르는 곳에서 애초부터 피를 나눈 당연한 모녀로 살고 싶었다.

∞

지난날을 얘기하는 아주머니의 눈에 눈물이 그렁했다. 선혜는 아주머니의 손을 가만히 쥐었다 놓으며 쓸쓸히 웃었다. 한 낮 햇살이 실내로 성큼 들어섰다. 거실 바닥에 창틀 그림자가 음영을 지으며 어른거렸다.

그걸 내려다보는 선혜의 여윈 목덜미가 파리했다. 깊은 우물 속에 고개를 들이밀고 말을 하면 되부딪쳐 와랑거리듯 허한 파장이 출렁였다. 재현과 마리와 함께라면 은곡에서 오래도록 뿌리를 내려도 좋았으나, 그 바람은 손가락 사이로 허무하게 빠져나가는 모래처럼 속절없이 스러져버렸다.

선혜가 은곡을 떠나던 날 대기는 잔뜩 흐려서 우중충했고 역 주변도 을씨년스러웠다. 봄이 시작됐다고 하지만 아직 스산한 겨울 기운이 곳곳에 남아있었다. 시가지를 감싼 산자락과 강도 잿빛을 벗지 못했다. 대합실 안도 기차를 기다리는 몇 사람만 있을 뿐 썰렁했다.

차표를 끊고 매점에서 마리에게 줄 우유와 과자를 샀다. 얼마 전이라면 모든 걸 재현이 해주었을 텐데, 라는 생각에 치미는 울음을 간신히 눌렀다. 결혼하기 전에 재현을 만나러 왔다 돌아갈 때나, 결혼한 후 혼자 외지나 시가에 볼 일을 보러 다닐 때면 재현은 세심히 챙겨 주었다.

그런 재현 없이 어린 마리를 데리고 영영 낯선 곳으로 떠나야 하는 심정은 두려움이었다. 세상 천지에 모녀 둘만 팽개쳐졌다는 막막함이었다. 등에 업혀 자고 있는 마리의 체온이 따뜻했는데도 써늘한 한기가 자꾸 들었다.

지금 이 시간들이 꿈이라면, 자신과 마리가 잠시 볼 일을 보고 다시 돌아오는 거라면, 돌아왔을 때 재현이, 잘 다녀왔어? 아이 데리고 혼자 힘들었지? 라며 반갑게 맞아 줄 수 있다면, 아니 재현이 죽기 전 아침 시간이 그대로 멈출 수만 있다면.

하지만 재현은 영원히 사라졌고 이제 그의 보살핌은 받을 수 없었다. 선혜는 서러움을 걷잡을 수 없어 결국 소리죽여 오열했다. 출발하는 차창 밖으로 때늦은 진눈깨비가 흩날렸다. 은곡의 풍경은 거기에 잠깐잠깐 가려지다가 기차가 내는 속도로 점점 흐릿하게 멀어졌다.

∞

선혜는 장롱이나 부피 나가는 큰 짐은 처분했다. 수중에 지닌 돈으로 서울에서 그만한 세간을 넣을 번듯한 방을 얻을 수 없었다. 몇 가지 짐을 들여 놓고 나면 빠듯하게 생활할 수 있는 공간밖에 되지 않았다. 작고 허름한 단칸 셋방 하나가 선혜가 가진 전부였다. 두 살짜리 아이를 혼자서 키워야 하는 모자가정의 어려운 생활이 시작되었다.

시급한 건 일자리였다. 당시의 여성 취업 환경은 미비했었다. 여자라는 이유로 제한적인데다 기혼자는 거의 불가능했다.

학력도 높지 않고 전문기술도 지니지 못 한 선혜에게는 더욱 요원했다.

마리가 너무 어려서 돌보아 줄 여건 마련도 어려웠다. 보육기관이 있긴 해도 주로 취학 직전 아동을 대상으로 하는 유치원이기에 오후 한 두시면 끝났다. 늦게까지 돌봐줄 수 있는 개인에게 맡기려 해도 수고료가 비싸 엄두를 낼 수 없었다. 부모형제나 친지라도 있으면 부탁이라도 하겠지만 기댈 데가 없었다. 도리 없이 데리고 다니며 할 수 있는 일은 가사도우미 같은 파출 일용직뿐이었다. 그나마도 몇몇 가정집에서나 인정상 허용되었고, 그러지 못 할 경우엔 아이를 혼자 둘 수 없어 일을 못하는 날이 많았다. 생활은 궁핍했다.

선혜는 마리가 초등학교 육학년이 끝나던 무렵에 지금의 남편과 재혼했다. 먹고 살아야 하는 고달픈 처지를 벗어나고자 했던 것도 있었지만, 그때의 선혜로서는 온전한 배경이 절실했다. 새아버지일지라도 마리에게 아버지라는 말을 쓸 수 있게 해주고 싶었다. 친구들과 웃고 떠들다가도 아버지라는 말에는 입을 다무는 게 측은했다. 그건 선혜에게도 오래 묵은 체기였다.

'한 부모 가정'에 대한 또 다른 용어인 '결손가정'이라는 개념은 실상 지독한 편견이었으며 왜곡된 시선이었다. 양쪽 부모와 자식이라는, 암묵적으로 지정한 구성원에 부합하지 않는다는 이유만으로 결함과 문제가 있을 거라 지레 단정하는 인식이었다. 제도와 인습이 설정한 틀의 충분조건이 결여되었다고 여기는 통념은, 선혜 모녀 같은 처지의 이들에게 깊은 상처였다.

그리고 가지지 못하거나 갖추지 못했다는 것만으로 짓밟아도 된다는 파렴치한 사람들도 있었다. 혈연으로 묶인 식구들 없이 모녀 둘 만인 걸 알면 함부로 무시하거나 농락하려 들었다.

∞

마리가 어렸던 때였다. 한 집에 세 들어 살던 옆집 부부가 있었다. 그 집 여자와는 나이가 엇비슷해서 평소에 말을 섞으며 지냈다. 자연 그 집 아이와 마리도 잘 어울렸다. 여자의 남편은 집안일에 남자의 힘이 필요할 때 청하지 않았는데도 굳이 몇 번 도와주기도 했다.

어느 날 초저녁 무렵이었다. 마리를 밥을 먹여 씻기고 난 뒤였다. 누가 방문을 조심스럽게 두드렸다. 열어보니 옆집 남자였다. 남자는 눈치 보는 사람처럼 자신의 집을 흘끔거리며 말했다.

저녁 먹고 산책 나왔다가 잠깐 들러봤어요. 뭐 해 줄 일이나 불편한 게 없어요?

그러면서 남자는 방으로 불쑥 들어섰다. 선혜는 불쾌했지만 이웃 사람을 야멸치게 내칠 수 없어 뜨악하니 있을 수밖에 없었다. 잠시 후에 옆집 여자가 방문을 와락 열어젖히며 악을 썼다.

이 인간이 미쳤나? 하는 수작이 어째 이상타 해서 내가 그동안 별렀어!

여자는 제 남편을 멱살잡이하며 끌어냈다. 남자의 등을 철썩, 갈기며 돌아서는 여자가 내뱉은 말에 선혜는 어이가 없었다.

남편 없이 혼자 살면 행동거지를 조심해야 할 거 아냐? 어디서 감히…….

다음날 동네에선 선혜에 대한 험담이 돌았다. 여자 혼자 애 데리고 사는 게 안쓰러워 몇 번 도와 준 것뿐인데 남의 남편한테 수작 거느라 꼬리를 쳤다느니, 기어코 집까지 불러들였다는 수군거림이었다.

더 가슴이 아픈 건 마리에 대해서였다. 하루는 또래들과 놀다가 티격태격했는데 한 아이가 신발이 들어 있던 신발주머니로 마리의 머리를 먼저 내려쳤다. 마리는 그 아이가 평소에도 자주 놀려서 약이 올라 있던 상태였다. 이번에는 지지 않고 제가 맞은 만큼 같이 머리를 때린다는 게 상대 아이가 피하는 바람에 그만 얼굴을 할퀴었다. 다행히 귀밑머리 부근에 생채기가 약간 난 정도라 눈에 잘 띄지 않았고 흉 질 것도 아니었다.

하지만 아이 엄마는 집으로 찾아와서까지 씩씩댔다. 선혜가 약이라도 사 바르라고 얼마간의 돈을 건네며 미안하다고 사과를 했음에도 언성을 높였다. 선혜도 크든 작든 마리의 얼굴에 상처가 난다면 속상할 것 같아 정작 마리가 그동안 당한 건 입도 뻥긋 못하고 듣고 있을 수밖에 없었다. 한참을 그러던 아이 엄마는 실컷 해댔다 싶은지 돌아서며 그랬다. 혼잣말하듯 했지만 들어보라는 소리였다.

애비 없이 아이를 키우면 교육을 잘 시켜야 할 거 아냐! 애를 저 따위로 키우니 호로 자식 소리 듣는 줄도 모르고. 개념 없는 어미하고 둘만 사니 애가 뭘 보고 배운 게 있겠어. 쯧쯧!

선혜는 가슴에서 불이 화락, 화락 일었다. 마음 같아선 함부로 놀리는 아이 엄마의 입을 짓이기고 싶었다. 하지만 마리가 상처를 받을까 얼른 문을 닫아 버렸다. 선혜는 억울함에 한동안 쓰라린 가슴앓이를 했다.

극단적인 그런 일보다야 덜했지만 그 후에도 비슷한 경우가 더 있었다. 그럴 때마다 남편과 아버지가 없다는 이유만으로 엄한 꼴을 당하고도 대거리 한 번 제대로 못하고 삭여야했다. 여자 혼자 아이를 키우는 건 여러모로 아프고 고달팠다. 사회와 제도가 인정하는 남편, 아버지라는 울타리를 둘러치고 싶었다.

∞

한낮도 이울어들기 시작했다. 아주머니와 얘기를 주고받다 보니 어느새 시간이 훌쩍 지나 있었다. 돌아가야 해서 일어나려는 선혜를 아주머니가 극구 붙잡았다.

"오랜만에 왔는데 금방 가면 서운하지. 점심도 안 먹었다면 서? 얼른 밥 차려 줄 테니 한 술 뜨고 가. 마음 같아선 하룻밤 자고 가라고 붙잡고 싶구만. 마리 다 컸는데 무슨 걱정이야. 다른 식구한테도……."

아주머니는 재혼한 남편을 다른 사람이라고 에둘러 호칭하며 눈치를 살폈다. 그러면서 몸은 주방으로 바삐 향했다. 선혜는 아주머니 마음을 차마 거절하지 못했다. 어차피 집에 가봐야 아무도 없었다. 마리의 일이 있고 난 후 남편은 당분간 혼자 지내고 싶다며 따로 방을 얻어 나갔다. 말이 당분간이지 그 행위가 곧 관계 정리일 거라는 걸 안다.

선혜는 아주머니가 식사를 준비하는 동안 베란다로 나왔다. 제방도로와 강 주변이 한 눈에 담겼다. 지난날의 공간이긴 한데 시간이 많이 흘러서인지 낯선 풍경들이 오랜 공백 속에 들어앉아버렸다. 예전에 없던 다리나 아파트 건축물들이 새로 생겼다.

강을 가로지르는 다리 위로 차량들이 바쁘게 지나다녔지만 먼 거리라 무음상태의 화면처럼 고요했다. 강 건너의 아파트 단지와 공설운동장이 푸른 수목에 둘러 싸여 있었다. 수면으로 햇살이 가없을 빛처럼 내려앉고 말간 속살의 강심이 미세한 물결을 지으며 흘렀다. 그 위로 아파트 건물의 잔영이 되비쳐 어른거렸다. 수면에 머문 햇살이 반사된 서편 하늘가에는 잔잔한 자홍빛이 퍼졌다.

그 풍경을 배경으로 금방이라도 자전거 한 대가 제방 길을 달려오는 게 보일 듯했다. 지난날 재현의 숨결과 포만한 웃음소리도 느껴지고 들릴 듯했다. 탄탄한 두 다리를 움직여 힘차게 자전거 페달을 밟던 모습이, 마리를 업고 마중 나온 선혜를 보고 환하게 웃던 모습이, 자전거에서 내려 마리를 받아 안고 공중으로 들어 올리며 간지럼을 태우던 모습이, 자전거에 아기용 안장을 달아 선혜와 마리를 앞뒤에 태우고 달리던 모습이, 하루하루 커가는 마리의 몸짓이나 표정을 카메라에 담던 모습이, 세상 천지에 혼자만 자식을 키우는 것처럼 마리를 품에 안고 카메라 앵글에 담기던 모습이 오래된 필름을 돌리듯 천천히 지나갔다.

그토록 생생한 그때의 실상은 묻혀버린 세월 속에서 이제는 허상이 되었다. 어쩌면 지금 마리의 실상도 그리 될지 모른다는 생각이 들자 선혜의 가슴으로 시린 바람이 들어찼다. 가림막 없는 휑한 벌판에 서있듯 한기가 들었다.

∞

지난번 카페에서 새미를 만났을 때 새미는 마리의 말을 대신 전했다. 다시는 보고 싶지 않으니 찾는다고 쓸데없는 짓은 하지 말란다고 했다. 그 말을 듣는 선혜의 가슴은 날카로운 것에 찔려 터져버리는 것 같았다. 설움과 아픔이 치받쳐 새미 앞인데도 허덕거리며 넋두리를 했다.

마리가 그러든? 나쁜 것! 이 꼴을 당하자고 내가 그 수모를 겪어가며 키웠나. 아무리 철이 없기로서니 고생하며 키운 엄마에게 어떻게 이 따위로 한다니?

헐~! 엄마? 누가 엄만데?

앙칼지게 되묻는 새미의 눈이 표독스러웠다. 집으로 찾아와서 욕설과 폭력을 휘두르던 게 다시 떠올라 선혜는 분노가 솟구쳤다. 할 수만 있다면 탁자를 타 넘어 가서 나불거리는 입을 짓밟고 싶었다.

누가 엄마냐니? 얘가 보자보자 하니 못하는 소리가 없네. 할 말 안 할 말이 있지. 어디 그런 소리를 함부로. 너 아주 막 되먹은 애구나!

체! 웃기고 있네. 뭘 모르면 가만히나 있던가. 썰 풀기는!

당황스러움과 분을 이기지 못해 파들대는 선혜를 새미는 비아냥거렸다. 동시에 꺄아아, 절규하는 비트가 실내에 요란스레 튀어 올랐다. 날카로운 금속성의 물질을 사정없이 긁어대는 것 같아 선혜는 귀를 막으며 이를 악물었다.

이것 봐요, 아줌마. 웬만하면 지퍼 닫으려고 했는데 아줌마가 한심해서 어쩔 수 없네. 마리가 내색 안 하니까 모르는 줄

아나본데, 마리는 아줌마가 친엄마가 아니라는 거 버~얼써 알고 있다고요! 내 엄마가 피 한 방울 안 섞인 남이라는데 그 충격이 어떻겠어? 퍼지르고 낳아서 버린 친부모는 어떻고? 인간들도 아니야, 그딴 것들은. 아무튼 이제는 남남이니까 더 이상 마리 건드리지 말라고!

새미의 말은 끔찍한 공명음이 되어 선혜의 귓바퀴에 부딪쳤다. 친엄마가 아니라는 걸 마리가 알고 있었다고? 심장이 내려앉으며 우웅대는 귀울음이 울렸다. 소란스러운 음악도 먼 곳인 듯 순간 희미해졌다. 그 속을 새미의 독한 말이 다시 파고들었다.

아줌마 말처럼 그토록 위한다는 딸이 어떤 고통을 겪고 있는지 헤아려볼 생각도 없었잖아? 순 가식덩어리들! 아줌마 남편이 한 짓거리는 어떻게. 키우고 싶지 않으면 말지 왜 애를 구박하고 멸시하냐고? 누가 키워 달라고 사정했냐고? 상처 줄 거 다 줘 놓고 이제 와서 키워준 걸 생색낸다면 웃기는 거 아냐? 그러니까 이제 마리에 대해 신경 끄라고~오. 제발!

눈앞에 무수한 빛이 섬광처럼 터지며 어지러웠다. 음악은 점점 고조로 치달았다. 아니야, 잘못 들었나봐. 새미의 말과 음악이 뒤섞여서 엉뚱한 소리로 들리는지 몰랐다. 선혜는 똑똑히 듣기 위해 새미 앞으로 몸을 기울였다. 그러나 균형을 제대로 잡지 못해 사물들만 출렁댔다.

어차피 키워 줄 거면 그냥 살지 재혼은 왜 했을까? 마리를 위해서라고 하지만 솔직히 아줌마 행복하자는 거 아니었나? 그러니까 가증스럽게 구라 치지 말라고. 아줌마, 알아요? 마리는 아빠 같은 거 없어도 상관없었대. 엄마만 있으면 충분했대!

새미는 야멸치게 쏘아 붙이곤 발딱 일어나 카페를 나갔다.

선혜는 어질머리가 일어서 의자 등걸에 머리를 기대고 눈을 감았다. 그러나 울렁거리는 토악기에 다시 눈을 떴다. 유리창으로 카페 앞의 횡단보도에 서있는 새미가 보였다. 입고 있는 치마가 무릎 위를 훨씬 넘게 짧았다. 그 아래로 드러난 굵기 다른 두 다리가 애처로웠다.

신호가 바뀌자 새미는 북적이는 인파에 섞여 길을 건넜다. 불안하게 기우는 걸음이 사람들 속에서 획일적인 흐름을 탔다. 새미가 절룩이는지 사람들이 절룩이는지 분별되지 않았다. 그 속에 선혜와 마리도 휩쓸려 흐르는 게 언뜻 보였지만 안개 속처럼 흐릿했다.

∞

삶은 많은 것들을 어그러지게 하는 불합리함을 지니고 있었다. 재혼하고 이 년이 지난 후였다. 어느 날 밥을 푸기 위해 밥솥 뚜껑을 열던 선혜는 심한 구역감을 느꼈다. 처음엔 뭘 잘못

먹어서 탈이 난 줄 알았는데 증세는 계속됐다. 남편은 선혜가 큰 병이라도 걸렸나 걱정되어 병원을 데리고 갔다.

진단 결과는 생각지 못한 임신이었다. 전혀 실현 가능한 일이 아니라고 접었던 바람이었기에 선혜는 얼떨떨했다. 그러면서도 나도 아이를 가질 수 있었구나, 라는 희열이 풍선처럼 부풀어 올랐다.

하지만 재현이 떠오르면서 그토록 바랐던 일이 왜 이제야, 하는 서글픈 안타까움이 들었다. 그와 함께 마리가 무겁게 가슴을 치고 들었다. 혹시 선혜 자신의 피를 받은 아이를 갖게 되면 마리에게 건네던 마음이 엷어질지 모른다는 생각 때문이었다. 생각만으로 억장이 무너졌다. 절대로 그럴 리는 없다고 세차게 머리를 저었다. 그러나 남편은······. 대놓고 홀대할 수 있다는 불안감이 옥죄면서 마리가 느낄 서러움이 지레 전해졌다.

재혼하면서 혼인신고를 하게 됐을 때였다. 신고를 마치면 선혜는 남편의 가족관계증명부에 등록되지만 전혼자녀인 마리는 해당되지 않았다. 주민등록등본 상에 동거인으로만 등재될 뿐이었다. 선혜로선 엄연한 자식인 마리가 그런 식으로 취급당하면서까지 혼인 자격을 취하고 싶지 않았다. 서류상이라도 마리가 분리되어 혼자 된다는 게 싫었다. 허허벌판에 팽개치는 것 같아 죄스러웠다.

그 때문에 선혜가 신고를 일단 미루자고 하자, 남편은 법원의 허가 재판을 받아서라도 마리를 자식으로 친양자입양을 하겠다고 했다. 그 과정을 진행하려는 중에 남편은 서류에 나타난 마리의 입양 사실을 알게 됐다. 그 후부터 마리를 대하는 태도에 서름함이 묻어났다.

선혜와 남편은 지금까지 혼인신고가 되지 않은 사실혼부부였다. 그로 인해 받아야 할 혜택을 받지 못 하는 경우가 꽤 있었다. 직장을 다니던 남편의 회사에서 받을 수 있는 배우자 수당도 혼인관계를 증명할 수 없어서 무산될 수밖에 없었다. 연금보험이나 건강보험 등의 사회보험 적용도 각기 분리되어야만 했다.

선혜는 고심하다 며칠 후 혼자 병원을 찾아가 중절수술을 했다. 처리에 걸리는 시간은 극히 짧았다. 허망했다. 지난날 애탔던 갈망이 잠시 들어찼다 빠져나간 자궁은 다시 검고 어두운 동굴로 공허해졌다. 마취가 다 풀리지 않아 어질한 채로 병원을 나섰다. 눈에 들어온 저녁노을이 서러웠다. 병원건물 옆의 골목으로 들어갔다. 한 사람이 겨우 지나다닐 정도의 좁은 곳에 쭈그리고 앉아 무릎에 머리를 묻고 한참이나 울었다.

사실을 알게 된 남편은 불같이 화를 냈다. 한 마디 상의도 없이 중절수술을 한 것에 어처구니없어 했다. 자신의 핏줄이 없어진 이유가 아내의 친 자식도 아닌 남의 아이 때문이라는 것에 분노했다.

제 정신이 아니구만! 그래, 남의 자식 키우자고 제 자식을 생으로 죽여? 걔가 당신하고 피가 섞였어? 살이 섞였어? 사람들에게 한 번 물어 봐. 당신 행동이 이해되고 용납되겠는가, 도대체 상식적이지 않잖아!

남편이 송곳처럼 찔러대는 힐책에 선혜는 기를 펴지 못했다. 자신의 행동이 어떤 식으로도 이해될 수 없음을 알기 때문이었다. 마리의 처지를 감싸기 위해 지닐 수 있는 당연함을 포기하는 건, 남편과 세상의 제도라는 부당한 테두리 때문이라고 하지만 어쩌면 선혜 스스로에 대한 불신이 두려운 건지 몰랐다. 친모녀간이라고 아무리 주문 걸 듯 기를 써도, 무의식에 내재된 혈연이 아닌 남이라는 부정하지 못 할 사실일 수 있었다. 지난날 재현의 부모와 세상 사람들과 지금의 남편이 그랬듯.

시간이 지나면서 남편의 화는 싸늘해졌다. 마리에게 건네는 눈길과 행동에 차가운 거부가 파고들었다. 선혜와의 사이에는 보이지 않는 담이 놓여 점점 길어지고 높아졌다. 결혼생활에 시간의 켜가 얹어지면서 남편은 부부관계 유지에 노골적인 회의를 드러냈다.

선혜의 일상은 살얼음이 얼어 서걱거렸고 황량한 겨울 벌판이듯 허허로웠다.

∞

재현과 마리와 함께 했던 지난날 강을 타고 흐르던 바람결은 안온했다. 햇빛은 윤기 나게 퍼져 내렸고 서로의 눈에 담기던 노을빛은 충만했다. 밤하늘의 반짝이던 별들은 달디 단 위무였다.

그러나 이제는 모두 스러져 버렸다는 사실에 휘청, 선혜는 무릎이 꺾였다. 안간 힘으로 베란다 난간을 움켜잡는 입에서 조각조각 해체되는 말이 튀어나왔다. 내 딸…… 마리…… 허물어지는 극통이 가슴을 휘저었다.

지난 몇 년 간 어린 마리가 가졌던 허기지고 쓸쓸했을 아픔이 사무쳤다. 버림받았다는 사실에 휘둘리며 허청댔을 것에 자신의 아픔은 생각나지 않았다. 마리가 겪었을 아픔만이 부풀며 괴어올랐다. 단단하게 묶어줄 줄이 끊어져 물 위를 떠다니는 부표처럼 막막했을 거였다. 당연한 줄 알았던 어미가 피 섞이지 않은 남이라는 사실에 기가 막혔을 테다. 계부의 냉대를 받아야 했던 서러움은 얼마나 깊었을 건가. 따뜻이 등 쓸어 주어야 했으나 다그치기만 했던 어미의 무딤을 얼마나 원망했을 건가.

선혜의 코가 겨자 먹은 듯 매움했다. 목울대에 단단하고 커다란 울음덩이가 걸려 고통스럽게 뻐근했다.

∞

　선혜는 돌아가기 위해 아주머니의 집을 나와서 기차역 승하
차장으로 들어섰다. 가등들이 간격을 두고 서있는 사이로 긴 의
자 몇 개가 놓여 있었다. 늦은 오후 햇빛이 그 위로 나비의 날
갯짓처럼 내려앉았다. 맞은편의 사용하지 않는 철로에는 운행
을 멈춘 구형 전기기관차와 무개화차가 붙박여 있었다. 멀리
로는 농담을 달리해 그린 산수화 같은 능선들이 아스라이 이
어져 있었다.

　그 정경들을 휘둘러보았다. 오래전 이곳을 떠날 때는 마리
가 있어서 지탱의 이유가 되었지만, 지금은 어떤 무게도 실을
수 없었다. 언제 다시 이곳에 올 수 있을지 기약할 수 없다는
게 쓸쓸했다.

　선혜는 승강장에 도착해 있는 기차를 향해 천천히 걸음을 옮
겼다. 누가 눈여겨 보지도 않건만, 마치 어디 외지로 잠시 갔다
올 것처럼 발길이 담담하려고 애썼다. 그렇게 해서라도 속을 드
러낸 듯 휑한 마음을 달래고 싶었다.

　기차에 올라 아주머니가 준 몇 가지 곡물과 채소를 싼 꾸러
미를 짐칸에 올렸다. 괜찮다는데도 직접 기른 거라며 마리 먹
이라고 굳이 챙겨주었다. 그런 아주머니에게서 예전 할머니의
모습이 떠오르며 미어지도록 그리웠다.

　그 그리움은 이곳 은곡에서 잡고 있다 놓쳐버린 지난 시간

의 절절함이었다. 재현과 마리와 함께 서로 건넸던 충만한 의미가, 이제는 실존이 될 수 없어 아픈 상실로 남았다는 사실 때문이기도 했다.

자리에 앉았다. 진동으로 하기 위해 가방에서 휴대 전화기를 꺼냈다. 전화기에는 작은 펜던트가 달려 흔들렸다. 마리가 중학교를 졸업할 무렵에 달았던 거였다. 안에는 선혜와 마리가 함께 찍은 사진이 들어 있었다. 마리는 선혜의 어깨를 감싸 안고 손가락 두 개를 브이자로 펴서 환하게 웃고 있었다. 웃음 담뿍 담긴 눈과 젖살이 남아 있는 통통한 볼이 예뻤다. 펜던트를 걸어줄 때는 뭐라 뭐라 종알대다 제 풀에 까르르 웃어젖혔다. 그때의 낭랑한 웃음소리가 옆인 듯 귓가에 맴돌았다. 선혜는 펜던트를 놓칠세라 손 안에 꼭 그러쥐었다.

기차가 출발하는 안내 방송이 나오고 차체가 움직였다. 바깥 풍경은 아직 제 속도를 내지 않는 기차의 움직임에 따라 천천히 스쳤다. 역 건물과 은곡역이라는 표지판이 뒤로 밀리는 철로와 함께 손 뻗으면 닿을 듯 지나갔다. 선혜는 그걸 조금이라도 더 눈에 담으려고 시야가 닿는 한까지 고개를 젖혀 바라보았다.

승하차장과 역 건물로 드나드는 출입구 쪽에 나무 한 그루가 서있었다. 나무는 무성한 가지와 이파리로 짙은 그늘자리가 생겼다. 햇살이 들어서지 않는 그곳은 서늘하게 시려보였다. 그러나 주변의 많은 곳은 나긋한 햇살이 환했다.

그늘 다른 넓은 곳이 따뜻한 볕 내리는 양지이듯 선혜는 그처럼 환하고 싶었다. 거기에다 단단한 깃대를 깊이 꽂고 성성하게 펄럭이는 깃발 같은 염원을 걸어두고 싶은 마음이 간절했다.

은곡을 떠난 후부터 이곳에서의 시간들은 빈 옷걸이처럼 제무게를 텅 비웠다. 빈 옷걸이는 까마득한 공중에서 속절없이 흔들렸지만 이제는 무게가 채워지기를. 그래서 은곡에서의 시간들이 지닌 많은 의미의 속삭임이 분주히 수런거리기를. 그 속삭임을 마리도 들을 수 있기를.

그러나 갑자기 뭔가에 차단되듯 차창에서 되 쏘인 햇살이 선혜의 눈에 어지럽게 파고들었다. 그걸 피하려 눈을 질끈 감았지만 소용없었다. 무차별한 빛의 산란이 일며 무지갯빛 채색이 혼란스럽게 어룽댔다. 빛은 시야를 하얗게 가리며 순간의 환각처럼 아무 것도 볼 수 없게 했다.

붉은 환幻

지천으로 검붉었다.

피 묻은 손이 흰 벽에서 마구 움직였다. 그럴 때마다 살 벌어진 엉성한 부채 모양이 무수히 찍혔다. 언뜻 보면 여름날 맨드라미 꽃 같았다. 하지만 잎도 줄기도 없이 모가지 부러진 처참한 꽃떨기였다.

이…… 이……쁘……지?

헤벌어진 입에서 비틀대며 흘러나오는 말이 쪼개져 흩어졌다. 어질한 멀미가 일었다. 피범벅된 벽이 위태롭게 기울며 다가들었다. 깔리지 않으려 안간 힘으로 떠받치지만 내리 누르는 무게를 감당하기 힘들었다. 언제까지 버틸지 알 수 없었다. 피투성이 손이 팔목마저 억세게 그러쥐었다. 팔목을 빼려고 할 때마다 피가 처벅, 처벅 묻어들었다. 진저리가 쳐졌다.

아아악! 양희는 자신이 지른 비명에 놀라 튕기듯 일어났다. 피곤해서 잠깐 누워있다 일어난다는 게 깜빡 졸고 말았다. 꿈자리가 심란했다. 그런 꿈을 꾸는 게 한두 번은 아니었다. 신물이 올라왔다. 핏물을 삼킨 듯 역한 침이 고였다. 구역질이 치밀어 뱉어내려 하지만 입안은 버석거리는 나뭇잎처럼 까실했다.

방에서 나오는데 휴대전화가 울렸다. 언니였다.

"일찍 어쩐 일이야?"

"너 나가기 전에 통화하려고. 다음 주에 아버지 기일인 거 알고 있나 해서."

"어머, 그러네?"

"넌 이번에도 오기 힘들지?"

"식당일 때문에 아무래도……. 언니는 가지?"

"응. 그나저나 걔는 요즘도 여전하니?"

"그렇지 뭐."

"큰일이다. 애들은 점점 자랄 테고 결혼도 해야 되는데, 그런 우세덩어리 있어서야 어느 집에서 이해하겠니?"

언니의 걱정이 아니라도 양희는 고심이 깊었다.

"얘, 지난번 내가 얘기했던 거 생각해……."

"어…… 언니, 형부도 잘 지내시지?"

양희는 급히 화제를 돌리며 언니의 말을 잘랐다. 그리고 쪽마루에 연해 있는 문간방을 흘낏 쳐다보았다. 안에서 시어머니와 시누이가 멀건 눈길로 양희를 내다보고 있었다. 마침 다른 곳에서 전화가 걸려 왔다. 남편이었다. 양희는 나중에 다시 하겠다면서 서둘러 전화를 끊었다.

남편과 통화를 하고 났는데 뒷목덜미 부근에 통증감이 또 스멀댔다. 가려움은 느껴지는데 딱히 어딘지 알 수 없을 때처럼 신경이 거슬렸다. 유독 그 부위에 가벼운 뾰루지 같은 게 가끔 났다. 그러다가도 며칠 지나면 저절로 스러졌는데 계속 성가셨다.

환한 곳에서 뒷목을 자세히 보려고 방에서 탁상용 좌대거울을 갖고 나왔다. 거울을 비스듬히 기울인 후 오른쪽으로 고개를 비틀었다. 왼쪽 눈 꼬리로 초점을 모아 왼쪽 귀 뒤 부근을 살피지만 제대로 볼 수 없었다. 주변으로 거뭇한 잡티가 퍼져 있어 보기가 더욱 힘들었다.

고개를 좀 더 틀었다. 눈이 가자미처럼 있는 대로 째졌다. 잡티 속에서 얼핏 새끼손톱 만하게 발긋한 부위가 눈에 들어왔다. 손으로 만져보니 볼록한 게 딱딱하면서 아렸다. 종기가 난 것 같은데 이번에는 쉽게 가라앉을 성 싶지 않았다. 심해지기 전에 약국에라도 가봐야 할 것 같았다.

몇 년 전부터는 목덜미에 잡티도 생기기 시작했다. 처음에는 점이 몇 개 생겼나 보다 여겨서 무심했다. 그러던 게 시간이 지나면서 반경을 넓히며 퍼졌다. 작년부터는 검은 깨를 흩뿌려 놓은 것처럼 온통 거뭇했다. 언니가 피부질환일지 모른다며 병원을 가보라고 했으나 통증도 없고 해서 흘려버렸다. 그래도 남이 보기는 흉할 것 같아 한 여름에도 목을 감싸는 옷을 입었다.

거울 속으로 시어머니와 시누이가 있는 방안이 대각선으로 보였다. 방은 북향이라 해가 거의 들지 않아 종일 어둑했다. 그곳에서 그들은 시큼한 냄새를 풍기며 구석에 아무렇게나 던져진 빨랫감처럼 웅그리고 있었다. 양희는 거울 방향을 휙 돌렸다. 반동으로 거칠게 흔들리는 표면에 양희와 두 사람의 모습이 추상화처럼 일그러졌다.

양희는 13년 전에 결혼을 결정하고 처음 남편의 집을 찾았을 때를 생각하면 지금도 가슴이 벌렁거렸다. 집은 하루에 세 번만 운행하는 버스에서 내리고도 한참을 걸어 들어가야 하는 깊은 산골이었다. 길도 포장되지 않아 울퉁불퉁했다. 시가 될 곳에 인사하러 간다기에 성장을 하고 굽 높은 구두까지 신은 차림새로는 고역이었다. 해까지 지면서 사위는 금방 어두워졌고 산짐승이라도 나올 듯 으슥했다.

도착한 남편 집의 외양은 어둑한 속에서도 느껴질 만큼 궁벽이 뚝뚝 떨어졌다. 안으로 들어서자 웬만한 어른이 똑바로 서면

머리가 닿을 만치 천장이 낮았고, 벽지도 군데군데 떨어져 너덜 거렸다. 촉 낮은 전구가 켜진 방안은 흐릿했고 두세 사람이 누우면 찰 정도로 좁았다. 변변한 가구도 없이 그나마 있는 서랍장도 낡아서 귀퉁이가 떨어졌는데, 낡은 이불 몇 채가 얹혀있었다. 그런 곳에 시어머니와 시누이가 있었다.

당시 시어머니는 예순이 채 안 됐는데도 머리가 반백일 만큼 쇠어서 일흔쯤 된 노인 같았다. 머리칼은 추스르지 않아 부스스 흘러내려 있고, 키도 140센티미터가 될까 할 정도로 작은 데다 체구가 깡말라 쇠잔해 보였다.

남편은 어머니나 여동생에게 데면했고 시어머니도 아들을 대하는 태도가 지나가는 사람 보듯 무덤덤했다. 며느릿감이 왔는데 반기는 기색 없이 뭔가에 지친 듯 심드렁하기까지 했다. 그러면서도 힐끔 힐끔 양희의 눈치를 살피며 옆에 있는 딸에게 바짝 신경을 쓰는 게 역력했다. 그 모습은 뭔가를 숨기려 할 때의 곤혹스러움 같은 게 묻어나왔다.

남편에게 듣기로 시누이는 양희와 같은 나이라고 했다. 그런데 서른 살인 어른이라고 하기에는 태도나 생김새가 어딘지 이상했다. 펑퍼짐한 얼굴에 눈과 눈 사이가 많이 벌어졌고, 처진 눈 꼬리와 콧방울이 넓게 퍼졌는데 계속 입을 헤벌리고 있었다. 머리나 옷매무새도 제대로 여미지 못 했고 횅한 표정과 눈빛으로 문득문득 체머리를 흔들며 얼굴을 씰룩거렸다. 그럴 때마다 남편은 흠흠, 헛기침을 했고 시어머니는 쥐어박듯 딸의 옆구리를 찔러댔다.

저녁밥을 먹고 나자 남편은 동네 사람을 잠깐 만나고 온다면서 양희를 두고 혼자 밖으로 나갔다. 양희는 낯선 환경에 남편마저 없으니 어색하고 불편했다. 시어머니는 아랫방과 미닫이로 분리된 골방에 일찌감치 잠자리를 펴주었다.

골방은 아랫방보다 더 누추하고 감자나 고구마 자루가 부려져 있어 비좁았다. 그러나 바닥은 군불을 지펴 뜨끈했다. 차를 타고 걷느라 피곤한 몸이 온기를 받자 노곤해졌다. 쌓인 피로와 긴장이 풀어지면서 눈꺼풀이 내리덮였다.

설핏 잠이 들었는데 뭔가 양희의 몸 위에서 꿈틀대고 있었다. 다족류 벌레가 기어 다니는 징그러움이었다. 섬칫해서 눈을 뜬 양희는 비명을 지르고 말았다. 흐릿함 속에서 누군가 내려다보며 치마가 걷혀 올라간 양희의 허벅지를 만지고 있었다. 대충 잘라 삐죽삐죽한 머리칼과 초점이 흐린 눈에 헤벌어진 입가로는 침이 흘렀다. 한 손에는 시들어 축 늘어진 붉은 맨드라미를 쥐고 있었다. 그 모습은 흐린 불빛으로 인한 음영 때문에 기괴했다.

이……이……쁘……다, 히히…….

시누이였다.

남편은 여동생의 상태가 온전치 않다는 걸 말하지 않았었다. 양희는 그러지 않아도 남편의 집을 보고 나서 지지리 궁상맞은 환경에 잔뜩 실망하고 짜증이 나던 차였다. 거기에 시누이 문제로 화가 나서 따졌다. 심정 같아선 결혼 결정도 백지화하고 싶을 만큼 속상했지만 그것만은 어쩔 수 없었다. 이미 임신 오 개월로 접어들었고 친정식구들도 결혼을 기정사실로 알고 있었다.

남편은 양희보다 여덟 살이나 많은 데다 한 번 결혼을 했었고, 전처가 아이를 낳다가 산모와 아이 모두 죽고 말았다. 그런 사실로 친정에선 반대를 했는데 양희가 임신까지 하자, 할 수 없이 전처 자식이 없는 게 그나마 다행이라며 수그러드는 참이었다. 시누이 일까지 알려진다면 기함할 노릇이었다. 시누이 상태에 대해선 큰 아이가 두 돌이 될 때까지도 친정에는 쉬쉬했다.

시누이는 지적장애를 지니고 있었다. 누군가의 도움 없이는 일상을 제대로 살아낼 수 없는 서너 살짜리 정신 연령에 머물러 있었다. 시누이는 세 돌이 되던 해에 심한 열병을 앓았다. 먹고 사는 것만으로도 등이 휘는 처지였고, 읍내를 가려면 십리를 걸어야 버스를 탈 수 있을 만큼 교통 환경이 열악했다. 어찌 간다 해도 하루를 꼬박 허비하면서 일할 품을 벌어들이지 못 하니 병원 가는 걸 염두에 두지 못 했다.

그 무렵에 자칭 한의사라는 뜨내기 한 사람이 동네를 들어섰고 병에 대해 아는 척을 하기에 싼 값에 약을 지어 먹였다. 그 후 열병은 가라앉았지만 시누이의 정신 수준은 그대로 멈췄다. 그때 약제 처방이 잘못 되었는지 아니면 선천적인 건지 장애 원인에 대해선 정확하지 않았다.

남편과 시누이 사이에는 형제 둘이 더 있었으나 모두 세 살을 넘기지 못 하고 죽어버렸다. 그 후 시아버지가 사망했을 때 시어머니는 임신 중이었는데 그 아이가 시누이였다. 시누이가 태어난 후 주변머리 없고 무지했던 시어머니는 어영부영하다 미처 출생신고를 하지 못했다. 그런데다 시누이는 잔병치레가 잦았다. 친척이나 동네 사람들이 시누이 앞서 일찍 죽었던 자식들을 들먹이며 입방아를 찧었다. 아들도 아닌 딸인데다 제대로 살지도 못 할걸, 뭐 하러 출생신고를 하냐며 혀 차는 말들을 하자 그대로 두고 말았다.

시누이는 자라는 동안 열병을 앓고 난 후의 장애에 대한 의료진단이나 치료를 받지 못 한 채 방치됐다. 연령에 따른 인지 발달이 안 되니 제도교육도 불가능했다. 그에 대해 열 가구도 채 안 사는 오지에서 이렇다 할 도움말을 해 줄 사람도 없었다. 남편은 어렸고 커서는 그런 형제가 있다는 게 수치스러워 감추고만 싶었다. 그리고 앞가림하며 살아가는데 급급해서 아예 신경을 쓰지 않았다.

양희가 함께 살면서 난감한 건 시누이의 육체 현상이었다. 정신이 어린 아이에 머물러 제 구실을 못할 거라면 신체 발육도 그에서 멈추면 얼마나 좋았을까 싶지만 왕성했다. 먹기는 많이 먹는데 활동량이 없어 살은 찌고 젖가슴이 부담스러울 정도로 커서 보기가 민망했다.

　시어머니는 시골에서 살 때 속옷을 제대로 챙겨 입히지 않아서 시누이는 아예 브래지어를 착용하지 않고 지냈다. 양희가 하게 했어도 답답하니까 벗어 던지곤 젖가슴을 덜렁거리며 다녔다. 특히 생리 때가 되면 스스로 인지하고 처리할 능력이 못 되니 시어머니가 일일이 챙겨야만 했다 기가 막힌 건, 어린 아이가 신나는 놀이하듯 시누이는 자신의 생리혈을 손에 묻혀 집 안 여기저기에 발라 대는 거였다. 그리고 성기에 많은 호기심을 가졌는데 그 때문에 곤혹스러울 때가 많았다.

　지난 설이었다. 명절이라 오랜만에 쉬는 참이었다. 시누이 때문에 집에는 친척이나 손님 내왕이 거의 없었다. 그런데 친정 오빠의 아들인 조카 내외가 양희와 같은 지역에 사는 처가로 가는 길에 잠깐 들르겠다고 했다. 시누이를 드러내는 게 내키지 않았지만 차마 오지 말라고 할 수 없어서 그러라고 했다. 얼마 전에 낳은 조카네 아이가 보고 싶기도 했다.

　양희가 부엌에서 차 준비를 하는데 딸 방에 재워놓은 조카네 아이가 자지러지게 울어댔다. 놀라서 달려갔더니 시누이가 들어와서 아기의 기저귀를 벗기곤 성기를 비틀어 대고 있었다. 모두 기겁했고 조카 내외의 얼굴이 하얗게 질렸다. 양희는 화가 나는 건 둘째 치고 민망해서 얼굴이 화끈 달아올랐다. 놀란 조카부부는 다급히 아이를 챙기더니 부랴부랴 가버렸다.

언젠가 양희는 텔레비전에서 어린 아이의 발달과정에 대해 그 분야의 전문가라는 사람이 말하는 걸 보게 됐다. 서너 살 아이들의 성장 시기에는 점토나 찰흙 주무르기, 색종이 오리기 등의 손을 통해 뭔가를 하는 것에 관심이 증폭될 때였다. 그 중 하나가 성기관심도로써 유아자위 행위를 하게 되는데 성인기의 성적쾌락과는 다른 발달과정의 성애적 놀이였다. 호기심을 갖고 성기를 건드렸을 때, 즐거운 감정이 되므로 그러한 행동을 하는 거라고 했다.

양희도 처음에는 전문가가 말하는 대로 시누이가 그 시기 아이들처럼 한 때 그러는 거라 단순히 여겼다. 그러나 시누이의 행태가 반복되면서 내보이는 건 특정시기의 유아적 차원이 아니었다.

시누이는 어떤 땐 누가 있어도 아랫도리를 훌렁 까내리고 불두덩에 난 음모와 성기를 애무하듯 쓰다듬거나 만지작거렸다. 그러다가 어느 순간 얼굴이 벌게져 몸을 부르르 떨면서 눈까지 게슴츠레 풀어졌다. 마치 성인들이 성관계를 하면서 오르가즘

을 느끼듯 그랬다. 그 모습에 양희는 극도로 혐오스러웠다. 벼~
엉신, 꼴에 가지가지 한다! 라는 말이 절로 튀어나왔다.

양희의 딸과 아들이 대여섯 살 무렵이었다. 시누이와 아이들
이 함께 아랫도리를 내리고 성기를 들여다보며 킥킥거리고 있
었다. 아이들은 시누이가 하는 걸 보고 따라 하는 거였다. 놀란
양희는 아이들을 호되게 혼냈어도 화가 가라앉지 않아 시누이
에게 나가 죽기라도 하라고 악을 썼다. 남편도 화를 주체 못 하
겠는지 시누이에게 손찌검을 해댔다. 시누이가 우워, 우워 짐
승처럼 울어도 한동안 멈추지 않았다.

양희는 일을 하느라 첫아이가 두 살 때까지 친정언니가 맡아
키워주었다. 둘째 아이가 출생하고 얼마 있다가 형부의 일자리
가 지방으로 옮겨가면서 언니는 이사를 하게 됐다. 당장 아이
를 돌봐줄 사람을 구해야 하는데 쉽지 않았다. 만만치 않은 두
아이 보육료를 감당할 형편이 되지 않았다.

시어머니를 생각했지만 문제가 있었다. 움직일 때 불가피하
게 따라 붙을 시누이였다. 하지만 찬 밥 더운 밥 가릴 처지가
아니었다. 양희가 아이들을 돌보느라 열흘 가까이 가게를 나
가지 못하자 당장 차질이 생겼다. 결국 시어머니를 부를 수밖
에 없었다.

양희 부부는 그제서야 시누이의 장애인 등록을 했을 경우,

수혜 받을 수 있는 것들이 있다기에 출생신고를 알아봤다. 집에서 낳다 보니 출생 사실을 증명해줄 인우보증인을 내세워야 했고 과태료마저 있었다. 장애인 등록 과정도 간단하지 않았다. 장애 증빙을 하자면 담당 행정처의 면밀한 조사를 통해 장애 등급이 판정되어야 했다. 그러자면 해당 의료 분야 전문의의 진단 소견 등이 필요한데 의료비가 지출되어야 했다.

사실 양희나 남편으로선 출생신고에 의미를 두지는 않았다. 인간 구실 못 하는 우세덩어리여서 차라리 흔적이 있지 말아야 할 존재였다. 장애에 대한 혜택도 생각보다 많지 않아서 별달리 도움이 될 것 같지도 않았다. 그러다보니 출생 사실을 보증해줄 사람을 찾는 것도 성가시고, 의료비나 과태료까지 들여가며 서둘러 신고를 할 필요성을 갖지 않아서 미적거리다 시간이 흘러갔다.

딸과 아들에게는 밖에 나가서 시누이의 존재를 말하지 말라고 어렸을 때부터 단단히 일렀다. 아이들도 부끄러운 존재라고 여겨서 지금까지 입 밖에 내지 않고 친구들도 집에 데려오지 않았다.

시어머니는 양희의 집에서 사는 동안 노인정을 다니거나 이웃과 왕래해보지 못 했다. 사람들과 어울리지 말라는 아들 부부의 윽박에 집에만 있으면서, 장애인 딸을 데리고 살림을 하며 손자들을 키웠다. 집에서 먹을 반찬은 양희가 식당에서 만든 걸 갖다 주는데 일이 바쁠 때나 대신 가지러 왔다. 그때서야 집밖으로 나올 수 있었다.

양희가 살고 있는 곳은 중심지에서 가장 끝인 변두리 외곽지역이다. 그곳에서 남편과 함께 작은 식당을 근근이 꾸려가고 있다. 벌어들이는 수입은 가게 월세를 내고 밥이나 겨우 먹고 살 정도였다. 식당일은 밤 12시나 돼야 끝났고 설날이나 추석 명절 외엔 휴일도 없었다. 늘 잠이 부족해서 여유롭게 잠 한 번 푹 자보는 게 소원이었다. 그래도 종업원을 쓰지 못 했다. 부부가 함께 움직여야 지출되는 인건비 없이 지탱할 수 있기 때문이었다.

시어머니, 시누이와 함께 생활한 지는 십년 째다. 웰빙 붐을 타고 시가 동네에 지자체에서 둘레 길을 조성했고 외지 사람들이 찾아들었다. 동네는 그들을 대상으로 하는 식당과 마트, 모텔이나 노래방 등의 근린생활 용도와 위락시설이 들어서면서 땅값이 올랐다.

남편은 그 기류를 타고 비탈진 데다 토질이 척박하고 수확이 좋지 않았던 밭을 팔아서 식당일을 시작했다. 그러나 장사가 시원치 않아 월세를 주고나면 기본적 생활유지도 어려웠다. 적자금을 메우느라 마이너스 대출과 카드 돌려막기를 하면서 허덕였다. 결국 세가 싼 곳을 찾아 변두리인 이 동네로 이사 온 지는 일 년 쯤 되었다.

남편은 아버지마저 일찍 죽어 어려운 형편에서 자랐다. 화전으로 일군 밭에서 나오는 소출이라야 형편없어서 먹고 살기는 턱없었다. 시어머니는 물정도 모르고 인지력이 부족한 데다 장애가 있는 딸을 돌봐야 하기에 돈벌이를 제대로 할 수 없었다. 그래서 초등학교만 간신히 마치고 도시로 나가 돈을 벌어서 식구들을 부양했다. 어린 나이에 험한 일터에서 잔뼈가 굵었다. 중국집 배달원부터 시작해서 주방 보조와, 공사장의 막노동 인부나 영세공장의 공원과 노점상까지 닥치는 대로 일했다.

양희의 친정집안 형편도 여의치는 않았다. 아버지는 몸이 약해서 자리에 누워있는 날이 더 많았다. 집안 생계를 책임지는 건 어머니였는데, 노점 행상과 남의 집안일에 조선소에서 선체 내부를 닦는 잡부까지 안 해 본 게 없었다. 그렇게 해도 병약한 남편과 넷이나 되는 자식들 먹이고 입히는 게 힘들었다. 큰아들만 겨우 고등학교를 마쳐주고 다른 자식들은 중학교만 졸업하면 밥벌이를 하러 나섰다.

양희도 중학교를 졸업한 후 등산복을 만드는 하청공장에서 허드렛일을 도우는 보조부터 시작했다. 2년 쯤 지나서부터 미싱을 밟을 수 있었는데, 5년 쯤 후에 친구 하나가 가발공장 수입이 더 좋다는 바람에 그쪽으로 자리를 옮겼다. 개인이 주택을 개조해서 열 명 안팎의 공원을 데리고 본사에서 제품을 하청 받아 운영하는 곳이었다. 그곳에서 남편을 만났는데 본사에서 물품 재료를 받아오고 완제품 배달하는 일을 하고 있었다.

양희가 결혼하기 전 벌어들인 수입은 최소한의 금액만 남기고 모두 고향집에 보냈다. 아버지 약값과 결혼해서 부모와 함께 살고 있는 큰오빠네 살림에 보태야 했다. 열일곱 살부터 서른이 될 동안 밤늦게까지 연장근무를 하며 다리가 붓도록 미싱을 돌렸고, 스킨헤드에 인모를 심는 손목 인대의 염증을 달고 살면서 가발을 만들었다. 그런데도 결혼하려고 손에 쥔 금액은 고작 몇 백만 원이었다. 그걸로 허름한 예식장에서 식을 올리는 비용분담과 남편에게 해 준 싸구려 반지와 장롱이 전부였다.

양희가 아침잠에서 깨었을 때 남편은 가게 문을 열기 위해 먼저 나가고 없었다. 초등학교에 다니는 딸과 아들은 학교에 갈 준비 중이었고, 시어머니는 주방에서 설거지를 하고 있었다. 시누이가 있는 문간방에선 아무 기척이 없었다. 양희 부부와 아이들이 있는 시간이면 되도록 방 밖을 나오지 못하게 해서였다.

오늘은 봉사를 하러 가는 날이라 오전에는 가게를 나갈 수 없었다. 한 달에 두 번 정기적으로 다니는데 그곳에서 오후 3시까지 일했다. 원생들 식사며 간식 준비에 시설 안팎의 청소와 환경 정리 등, 일상생활 노동력 지원이었다. 간식 후원도 하고 있는데 6개월쯤 되었다.

지난봄이었다. 장애인 수용기관을 취재하고 가던 잡지사 사람들이 식사를 하러 들어왔다. 취재처는 동네 서쪽에 있는 애심원이라는 곳이었다. 그들은 그곳의 시설 및 후원처와 일손 부족에 대한 말들을 주고받았다. 양희는 며칠 후에 점심 장사를 끝내고 114에 애심원의 전화번호를 알아내서 자원봉사 신청을 했다.

봉사 일을 하겠다고 하자 남편은 내 코가 석자인데 누굴 돕냐며 툴툴거렸다. 양희가 점심 장사 시간을 비우면 돈을 주고 일 할 사람을 구해 자리를 채워야 하기 때문이었다. 양희는 시누이의 장애를 거론하며 남의 일이 아니지 않냐고 했다. 그러니 뭔가를 베풀어 보자, 그러다 보면 자식들한테도 덕이 되지 않겠냐는 걸 강조했다. 남편은 그 말에 동했는지 슬그머니 누그러들었다.

양희는 나갈 준비를 마치고 시어머니에게 해야 할 집안일들을 일러주었다. 그렇게 하지 않으면 매일 하는 일인데도 갈피를 잡지 못하고 우왕좌왕했다. 가는 귀가 먹은 데다 상대방이 하는 말이나 행동을 제대로 파악하지 못 해서 두세 번을 반복해야만 알아들었다. 답답할 때가 많았다.

특히나 눈치를 볼 때의 눈빛과 표정이 싫었다. 개 눈 박아 놓은 것 같은 흐릿한 동공에 합죽한 입매로 흘낏거리면, 마치 송충이가 맨 살 위를 기어 다니는 느낌이었다. 그래서 시어머니에게 말을 할 경우에는 되도록 얼굴을 보지 않았다. 둘 사이에서 말은 소통으로서가 아니라 양희의 일방적 지시였다.

양희는 집안의 문을 죄다 열었다. 강박 같은 습관이었다. 언제나 밖에서 들어오면 일단 문부터 열어젖혔다. 시어머니와 시누이가 종일 집안에다 뿜어낸 냄새가 괴어 있을 거라는 생각 때문이었다. 겨울에도 환기를 하느라 수시로 열었는데 시어머니와 시누이가 추워해도 아랑곳하지 않았다.

"엄마, 나도 내 방 줘! 친구들은 다 있는데 나만 없으니까 창피하단 말이야!"

학교에 가려고 신발을 신던 열 살 아들이 볼멘소리를 했다. 아들은 요즘 부쩍 제 방을 달라고 투정했다.

양희가 살고 있는 집은 동네에서도 약간 외떨어진 허름한 주택이다. 시세보다 세가 저렴했는데 지은 지 사십년이 넘어서 많이 노후되어 있었다. 외관을 유심히 보고 있으면 경미한 집 기울기가 의심될 정도였다. 그런 곳에 살고 있는 게 불안하면서도, 쪼들리는 형편에 다른 곳으로 옮겨 아들 방을 만들어 주기는 힘들었다.

집 내부는 10평쯤인데 방을 세 개나 들였으니 옹색했다. 안방도 10자 장롱을 들여놓고 두 세 사람이 누우면 공간이 거의 없었으니, 다른 방이야 말 할 것도 없었다. 그 중 약간 큰 방은 딸이 사용하고 문간방은 시어머니와 시누이가 있었다. 사춘기에 접어든 딸 아들을 함께 지내게 할 수 없어서 아들은 부부와

한 방에서 지내고 있었다.

양희는 시어머니 시누이가 한 집에서 사는 게 지긋했다. 그들만 없다면 아들이 원하는 제 방을 줄 수 있는데 그러지 못 해서 속상했다. 이제는 아이들도 자라서 시어머니의 손길이 필요하지 않았다. 같은 공간에서 지낼 이유가 없었다. 예전에 살던 곳으로 돌려보내고 싶지만 필요해서 데리고 올 때 집까지 팔아버렸기에 그럴 수도 없었다. 그렇다보니 어느 날 그들이 홀연히 사라져 버리면 좋겠다거나, 행방불명되어 어딘가에서 죽어있다는 연락을 받기를 차라리 바랐다.

양희는 집을 나섰다. 대기는 구름이 낮게 깔려있어 흐렸다. 양희네 식당 옆의 마트로 들어섰다. 아침나절이어서 매장 안은 한산했다.

카트에 네다섯 개씩 묶인 번들용 과자 여러 뭉치를 담았다. 공장에서 대량 생산되는 퍽퍽한 빵들과 페트병에 담긴 싸구려 탄산 음료수도 상자 째 몇 개 집어넣었다. 카트 안이 금세 꽉 찼다. 채워지는 부피만큼이나 지갑에서 나가는 액수도 비례했다. 반나절 지출될 도우미 일당과 물건 값을 헤아리며 잠깐 남편을 떠올렸다. 오늘도 하루 수입과 지출을 계산기로 두드리다 마땅치 않은 기색을 내보일 거였다.

계산을 마친 물건을 상자에 담는 주인 여자가 아는 체를 했다.

"오늘도 봉사하러 가나 봐요? 장사를 하면서도 꼬박 꼬박 다니는 걸 보면 대단해요. 경기가 안 좋아서 매출도 시원치 않을 텐데 이렇게 물품도 후원하고."

아마도 여자의 말은 마트를 찾는 동네 사람들 입에서 입으로 건너다닐 것이다. 양희와 남편이 꾸려가는 식당이 동네 사람들을 상대로 하는 장사라 인심을 얻는 건 좋은 일이었다.

양희는 마트를 나서다 생리용 패드를 사지 않았던 게 생각나서 다시 안으로 들어갔다. 12살인 딸이 이번 달 생리를 곧 시작할 텐데 집에 둔 패드를 거의 다 써가기에 채워놓아야 했다.

딸은 지난달에 초경을 시작했다. 남편은 케이크와 꽃다발을 사서 축하를 건넸고, 양희 부부와 아들 딸 네 식구가 함께 조촐한 파티도 열었다. 남편은 딸이 언제 저렇게 자랐나 싶은지 흐뭇해했다.

양희도 딸의 성숙해가는 성징이 대견했다. 딸이 패드를 교체할 때는 어찌해야 하는지 가르쳐 주느라 대신 해 주기도 했다. 패드에 스민 딸의 생리혈 색감은 맑도록 선연했다. 불순물이 섞이지 않은 청정한 선홍빛이 경이롭게 여겨지기까지 했다.

양희는 마트를 나섰다. 옆 빵가게에서 구수한 냄새가 흘러나왔다. 통유리로 된 진열장에 잘 익은 수제 빵들이 채워지고 있었다. 오븐에서 금방 나온 빵은 포근하니 먹음직스럽다. 마트에서 파는 퍽퍽하고 차가운 빵과는 달랐다.

밖에 내 건 메모판에는 오전 9시와 오후 3시, 하루에 두 번 빵이 구워져 나오는 시간이 적혀 있었다. 애심원에서 집으로 올쯤이면 두 번째 빵이 구워질 테니 그때 사기로 했다. 딸과 아들이 학교에서 돌아오면 간식으로 줄 생각만으로도 마음이 꽉 찼다.

가게들을 지나서 주택가로 들어섰다. 어느 집 담장너머로 햇열매를 주렁주렁 매단 대추나무 가지가 뻗어 나와 있었다. 옆집은 포도나무가 대문부터 현관까지 실한 송이를 매달고 차양처럼 드리웠다. 한 집 옥상에는 깨끗한 빨래들이 널렸고 구수한 된장찌개와 생선 굽는 냄새가 퍼져 나왔다. 다른 한 집에서는 열어 놓은 거실 창으로 칭얼대는 어린 아이 소리와 텔레비전 소리가 흘러나왔다.

양희는 사람들의 일상이 풍겨내는 냄새와 소리에 후감과 청감이 모아졌다. 건강한 기류들이었다. 남들과 살아가는 속에서 같은 모양새의 평범함으로 살아간다는 건 결코 쉽지 않다는 생각을 부쩍 갖게 됐다. 그 평범함이 선택된 축복이라고 여겨질 만큼 부러웠다. 그와 함께 시누이가 떠오르며 명치에 단단한 게 막힌 듯 답답해지는데 시어머니에게서 전화가 걸려왔다.

"야야, 가스렌지 청소할 때…… 저번에 쓰던 세제 써야 하나?"

시어머니의 주눅든 말소리에 양희는 짜증이 일었다.

"한두 번 해 봐요? 매번 하는 거면서 뭘 또 물어요?"

"응? 뭐라고?"

"하던 대로 해요!"

양희는 빽 소리를 지르며 거칠게 전화기의 꺼짐 버튼을 눌렀다. 그리고 씹어뱉듯 중얼거렸다.

"등신, 머저리!"

주택가에서 오 분여 가량 걸어 대로로 나오면 오거리가 있다. 도로는 교통 흐름이 많고 복잡했다. 맞은편 쪽으로 가려면 두 번의 횡단보도를 건너야 하는데 신호 대기 시간이 길었다. 기다리는 지루함이 싫거나 급한 일이 있는 사람들은 오래전에 설치된 육교를 오르내렸다.

육교는 한 때 단일로에서 유용한 시설물이었지만, 여러 갈래의 도로가 확장되면서 이용하는 사람이 극히 적었다. 시 측은 효용가치도 거의 없고 도시 경관을 해치는 노후화 된 시설물로 규정해서 조만간 철거할 예정이라고 했다.

양희가 애심원으로 갈 때는 두 번의 신호를 기다려 건너야 하는 게 귀찮아 오늘도 육교로 올랐다. 계단은 모서리가 많이 마모되었거나 아예 떨어져 나가기도 했다. 바닥은 패인 곳이 많고 껌 자국들이 부스럼 딱지처럼 흉물스럽게 붙어 있었다. 난간 도색도 대부분 벗겨지고 벌겋게 녹이 슨 부분이 많았다. 차들이 내뿜는 매연으로 난간을 잠깐 짚었던 손에 거뭇한 게 묻어서 양희는 얼른 손을 뗐다.

육교 중간쯤에 이르자 고정된 사물 같은 존재 하나가 나타났다. 지나다니는 사람도 많지 않은데 껌 몇 통을 앞에 놓고 구걸하는 남자였다. 땅과 하늘 중간에 떠 있는 육교만큼이나 그는 이물스러웠다. 살집 없는 체구에 등이 굽어 있어 언뜻 보면 돌돌 말린 애벌레 같았다. 머리칼은 빗질을 제대로 하지 않아 엉켜 있고 거칠고 주름진 피부에 눈은 짓물러 있었다. 한 쪽 팔을 움직일 수 없는지 부목을 댄 것처럼 가슴 부위에 고정되어 있었다.

지나다닐 때마다 남자가 그 자리에 있는 걸 보게 됐다. 앞에 놓인 껌은 사라고 늘어놓은 건데 아무도 사지 않았다. 지저분한 나무 조각을 비슷한 크기로 대강 다듬어 놓은 것처럼 허접했고, 오랜 시간 대기에 노출된 외피는 햇빛에 바래서 문양조차 희미했다. 옆에는 우그러진 양은대접이 놓여 있었다. 지나는 사람들 중에 동정심으로 가끔 동전을 넣기도 했다.

양희의 기척에 남자가 분주해졌다.

"껌 좀 팔아 주오. 껌 좀 팔아 주오."

같은 말을 반복하는 입이 힘겹게 비틀리며 갈퀴 같은 한 손을 떨면서 껌을 내밀었다. 양희는 발목을 잡을 듯 뻗쳐 나오는 손길을 피해 황급히 발을 옮겼다.

그러면서도 어떤 근질거림이 슬근댔다. 벌리고 있는 남자의 손바닥을 뭉개버리고 싶은 충동이었다. 무지막지하게 밟았을 때, 고통스러운 꿈틀댐이 다리를 타고 찌릿하게 관통하는 걸 느끼고 싶은 욕구가 강렬해졌다.

주위를 둘러보았다. 육교에는 둘 이외엔 아무도 없었다. 4.6 미터 아래 도로에선 육교 위의 상황은 보이지 않았다. 양희가 가까이 다가가자 남자는 껌 쥔 손을 더 앞으로 내밀었다. 양희는 다시 한 번 주위를 휘둘러보았다.

그리고 천천히 한 발을 들어 올리려는 참이었다. 누군가 육교를 올라오는 기척이 들렸다. 흠칫 놀라 들었던 발을 멈추었다. 당황해서 자신도 모르게 서둘러 지갑을 열어 백 원짜리 동전 서너 개를 꺼내 양은 대접에 던지듯 놓았다. 짤그랑! 건조한 쇳소리가 허공에서 휘돌았다.

양희는 남자를 뒤로 하고 도망치듯 걸음을 옮겼다. 육교 건너 저만치 맞은편 동네에 눈길이 닿았다. 사람들이 밀집해 살고 있는 이쪽과 달리 개발 진행이 아직 시작되지 않아 나대지처럼 텅 빈 느낌이었다. 그런 곳에 어울리지 않게 유난히 커다란 십자가가 높게 솟아있는 허름한 교회와 주택들이 띄엄띄엄 있었다. 그 반경 외곽으로 몇 동의 축사와 소규모 영세공장 건물들과 농작물 비닐하우스가 있었고, 한 귀퉁이에 애심원이 초라하게 붙박여 있었다.

하늘을 올려다보았다. 금방이라도 한 줄금 비가 쏟아질 듯 아까보다 더욱 흐렸다.

애심원은 개인이 인허가를 받아 운영하는 사설수용기관이었다. 지적, 지체장애인과 뇌병변장애인을 수용하고 있는데 인원은 15명 안팎으로 규모는 크지 않았다. 건물도 처음에는 농가주택을 개량해서 사용하다가 지지체에서 보조금을 지원 받아 적정부분 정비를 했다. 신축이나 본격적인 증축은 아니고 내부 공간을 조금 더 손을 본 것이다.

실내는 남자, 여자 원생이 따로 기거하는 큰 방 2칸과 숙식을 함께 하는 상주생활보호사 두 명이 사용하는 작은 방이 있고, 행정업무를 취급하는 사무실과 거실, 세면장, 식당, 화장실 등이 있었다. 여느 가정집과 같은 구조여서 수용기관이라는 딱딱함이나 이질감은 달리 들지 않았다. 옆에는 가건물로 덧댄 작은 휴게실도 있었는데, 대부분 면회 장소 용도거나 대외적으로 내보일 때 사용했다.

양희가 안으로 들어서자 거실에 나와 있던 원생들이 다가와서 히죽대며 팔을 붙잡았다. 반갑다는 표시였다. 양희도 그들 손을 맞잡아 주었다. 원생들 대부분이 지체마저 불편해서 움직일 때면 동작이 굼뜨거나 몸이 비틀렸다.

"서…서…서새니~임 아…아…아영…하…세~오."

한 원생이 얼굴을 구기며 반갑다고 겨우 겨우 인사말을 했다. 말은 제대로 발음화가 되지 않아서 목걸이 줄이 끊어져 알이 떨어지듯 흩어졌다. 말하느라 힘들었는지 입에서 침까지 주르르 흘렀다. 양희는 가방에서 얼른 휴지를 꺼내 닦아 주었다.

"병섭 씨, 잘 지냈어요?"

"네…에, 히히히….”

양희와 원생들 기척에 원장이 사무실에서 나오며 반갑게 맞았다.

"어서 오세요. 이렇게 와서 봉사를 하시면서 간식 후원도 해주어서 고맙습니다.”

사무실의 열린 문으로 마트에서 배달한 간식 박스가 책상에 놓여 있는 게 보였다. 그 정도면 원생들이 2~3일은 먹을 양이었다.

"더 좋은 걸 많이 드리고 싶은데 형편이 여의치 않다보니 송구하네요.”

"무슨 말씀을요. 이런 성의가 원생들에게 얼마나 큰 위안인데요. 그리고 생업 꾸려가면서도 묵묵히 봉사하시는 거 보면 대단하세요.”

양희는 원장의 칭찬 어린 말에 민망하다는 표정을 지으며 생활보호사들이 사용하는 방으로 들어갔다. 일복으로 갈아입고 앞치마를 둘렀다. 방에서 나오자 한 보호사가 할 일을 일러 주었다. 오늘은 원생들의 재활 프로그램이 있어서 그에 대한 준비도 해야 했다.

두 대의 대형 세탁기에 빨래할 것들을 집어넣고 실내 청소부터 시작했다. 청소가 끝난 후에는 세탁물을 건조대에 널었다. 어느새 오전 11시가 다 되었다. 식당으로 가서 식사 준비를 도왔다. 원생 수대로의 식판에 각각의 반찬을 담아 식탁에 가져다 놓았다. 거동할 수 없어서 휠체어를 사용해야 하는 원생들도 데려왔다. 그들은 제대로 숟가락질을 할 수 없어서 보호사나 봉사자가 일일이 떠먹였다. 그나마도 잘 삼키지 못 해서 반은 흘렸다. 흐르는 침과 음식물을 닦아내며 밥을 먹이는 일도 힘들었다.

설거지를 마치자 재활 프로그램에 필요한 재료를 준비했다. 일주일에 한 번씩인데 오늘은 김치전을 부치는 거였다. 큰 대야에 밀가루를 풀고 김치를 썰어 넣어 반죽을 했다. 지난 번 봉사를 올 때 양희가 가져다 준 밀가루와 김치였다.

거실에 세 군데의 자리를 깔고 전 부칠 준비를 해두었다. 원생들 서너 명이 한 조가 돼서 자리를 잡고 앉았다. 프라이팬 앞에서 전을 부치는 원생들은 비교적 장애가 중증이지는 않았다. 그러나 뜨거운 불 앞에서 국자로 반죽을 떠 넣을 때는 균형이 제대로 잡히지 않는 몸의 반동으로 보고 있기가 불안했다. 원장과 보호사들은 위험하지 않게끔 간간이 거들어주거나 홈페이지에 올릴 자료 사진을 찍었다.

프로그램이 끝난 뒷마무리까지 도운 후였다. 돌아가려고 현관을 나설 때 아까 침을 닦아 주었던 원생이, 자신이 부친 전 몇 장을 비닐 봉지에 담아서 건넸다. 양희에 대한 호감이었다.

"어머, 병섭 씨 나 주는 거예요? 집에 가져가서 우리 식구들이랑 맛있게 먹어야겠네. 고마워요!"

양희는 좋아하며 꾸러미를 받아들었다.

애심원 정문을 나섰다. 이백여 미터 쯤 되는 소롯길 모퉁이로 접어들었다. 길을 걸어 끝에 왔을 때 대문 없는 주택이 한 채 있고 마당에 개 한 마리가 묶여 있었다. 집안이나 마당에도 기척이 없고 지나다니는 사람도 없었다. 단층인 애심원 건물 한 편이 멀찍이 보였으나 그만큼의 거리에선 양희의 행동이 거의 보이지 않을 터였다. 비닐봉지에 담긴 전을 꺼내 개 밥그릇에 던져 넣었다. 무료하게 늘어져 있던 개는 재빨리 다가와서 우걱우걱 먹기 시작했다.

가방에서 수건을 꺼내 몸을 털어냈다. 사용한 수건은 그대로 넣기 찜찜해서 미리 가져온 비닐봉지에 넣고 입구를 꼭 묶었다. 그리고 휴대용 에탄올 소독제 펌프를 눌러 몸과 가방에 재차 뿌려댔다.

양희는 저녁 장사를 하려고 가게로 나가기 전에 집으로 먼저 왔다. 갓 나온 빵을 산 걸 아이들에게 주기 위해서였다. 집 안으로 들어서자 아들이 쪼르르 나오며 울상이었다. 딸은 문간방 앞에서 팔짱을 낀 채 오물이 묻은 것 마냥 얼굴을 잔뜩 찡그리고 있었다.

"왜 그래?"

"엄마, 하지 말라는데도 말을 안 들어!"

양희는 부리나케 문간방 앞으로 갔다. 방안에선 시누이가 아랫도리를 홀랑 벗고선 얼마 전 새로 덧발라 놓은 벽지에 피 칠을 하고 있었다. 자신의 성기에서 흘러나오는 생리혈을 손에 묻혀 까아, 꺄야 소리를 내며 치대고 있었다. 벗어 놓은 속옷과 엉덩이, 사타구니 부근도 피가 묻어 벌창이었다. 시누이의 생리 기간이라는 걸 양희나 시어머니 둘 다 잊고 있었다.

집 뒤켠에서 뭘 하고 있던 시어머니가 집안으로 들어왔다. 아이들의 웅성거림과 굳어있는 양희를 보더니 사태를 짐작하고 허겁지겁 문간방으로 갔다.

"아이구, 이 웬수야…… 차라리 죽어라!"

시어머니는 악다구니를 쳤다. 늘 그렇듯 양희는 지독한 냄새가 질퍽이는 수챗구멍에 발을 담그고 있는 기분이었다. 시누이의 몸이 대책 없이 쏟아내는 검붉은 색채에 진저리가 쳐졌다. 아무도 원치 않는 지저분하고 탁한 표징이 혐오스러웠다. 앞으로도 이런 참상을 계속 겪어야 한다는 게 끔찍했다.

"아, 더러워!"

딸이 제 방으로 가며 앵돌아지게 말했다. 양희는 딸의 등을 보며 언니가 했던 말이 되새김되었다.

'얘, 내가 아는 사람한테 들었는데 정신지체장애인 시설에 들어오는 사람들 중에 길을 잃은 사람들이 꽤 된대. 그 사람들 정신이 온전치 않으니 집이 어딘지를 말하지 못 한다는 거야. 그런데 알고 보면 가족들이 일부러 버리는 경우가 꽤 있다더라. 오죽하면 그럴까. 평생 우환덩어리인데 별 수 있어!'

이울기 시작하는 오후의 엷은 햇살이 시누이가 있는 방에 실낱같이 비쳐들었다. 그 속에서 피 묻은 제 손을 보며 히히대는 시누이의 형상이 일시에 삭제되듯 사라졌다.

양희는 아이들을 서둘러 학원으로 보냈다. 집안에서 꿀럭거리는 비릿한 냄새를 없애기 위해 문이란 문을 확확 열어젖혔다. 시어머니에게는 몇 시간 동안 문을 닫지 말라고 했다. 가게로 나와서 장사에 쓸 재료를 손질한 후 시어머니에게 반찬을 가져가라고 전화를 했다. 밖은 어스름이 내리기 시작했다. 얼마 후에 시어머니가 가게로 나와서 반찬을 가져갔다.

손님을 치르느라 한창 바쁜 중에 양희의 휴대전화로 전화가 걸려왔다. 시어머니였다. 당황한 목소리가 허둥지둥했다. 시누이가 없어졌다고 했다. 문을 열어놓았더니 가게에 갔다 오는 동안 밖으로 나간 것 같다면서 동네를 찾아봐도 보이지 않는다고 했다. 양희는 주방에 있는 남편을 건너다보았다. 주문한 음식을 만드느라 분주해서 다른 곳에 신경 쓸 여력이 없었다.

"이제 문 닫아요. 애들 곧 오니까 밥 챙겨 먹이고 동네 한 번 더 돌아봐요. 지금은 바쁘니까 전화하지 말고 가게도 오지 말아요. 알았어요?"

엄포를 놓듯 다그치는 양희의 태도에 시어머니는 더 이상 말을 하지 못 했다. 지금까지 한 번도 집밖을 나가본 적 없고 어휘 구사가 제대로 되지 않는 시누이가, 해가 져 어둑한데 집을 찾아오기는 불가능했다. 누군가 집에 데려다주면 모를까 밖에 노출된 적 없는 시누이를 알아볼 사람은 없었다.

밤 8시가 넘은 가게 안은 식사에 간단한 반주를 곁들여 마시는 몇 사람만 있을 뿐 손님이 뜸해졌다. 양희는 남편에게 시누이가 집을 나갔다는 말을 했다. 남편은 잠깐 놀라더니 어떤 말도 하지 않았다.

양희가 시어머니에게 전화를 해서 시누이가 들어왔냐고 물었으나 아니라고 했다. 남편에게 실종신고를 해야 하지 않겠냐고 재차 말했지만 묵묵부답이었다. 부부가 가게 일을 마치고 집으로 들어갔을 때 딸과 아들은 잠들어 있었고 시누이는 그때까지도 돌아오지 않았다.

다음날 아침에도 시누이는 집안에서 보이지 않았다. 시어머니는 밤새 잠을 못 잤는지 퀭한 얼굴로 쌀을 씻어 밥솥에 안치고 있었다. 남편은 새벽시장을 보기 위해 이미 나갔고 딸과 아들은 자고 있었다. 시누이가 집에 없다는 것 말고는 평소와 같은 일상이었다.

양희가 부엌으로 나오자 시어머니는 무슨 말인가를 하려고 했지만 양희는 눈길도 주지 않았다. 냉장고를 열어 딸과 아들이 일어나면 줄 우유를 차갑지 않게 미리 꺼내놓았다. 그때 양희를 부르는 강파른 딸의 목소리가 들렸다. 딸 방으로 갔더니 딸이 누웠던 이불에 피가 홍건히 묻어있었다.

"엄마, 나 생리하나 봐. 어떡해?"

양희는 당황한 딸을 달래려고 부드럽게 얼렀다.

"괜찮아, 우리 딸 예뻐지는 행사 하는 건데 뭐. 축하해!"

양희는 딸의 생리 현상이 그저 대견하고 귀했다. 딸의 몸에서 나온 붉은 색채는 활짝 피어나는 꽃이었고 생동하는 기운이었다.

딸을 바라보는 양희의 눈길에 흡족한 사랑스러움이 물씬했다. 창으로 비쳐 들어오는 풍성한 아침 햇살이 이불에 머물렀다. 묻어있는 혈흔이 환한 햇살 속에서 맑은 선홍빛의 선명한 꽃무늬가 되었다.

당신의 허공

$$*$$

　자정을 넘어서고 있었다.

　집안은 초저녁의 음울하던 웅성거림이 잦아들고 가라앉듯
고요했다. 자경은 벽에 기대어 뻑뻑한 눈을 잠시 감고 있었다.
누군가 자경의 어깨를 조심스레 흔들었다. 손길에 놓아야 하
는 체념이 묻어 있었다. 비긋이 열린 방문으로 마루의 전등불
빛이 새어들고, 그 빛을 등에 진 아저씨 모습이 그림자처럼 다
가섰다.

　"아버지 가신다!"

　아저씨의 말이 섬뜩했다. 자경은 허청대며 일어나 아버지가

누워있는 방으로 갔다. 아버지는 이미 온기를 잃어가면서도 자경의 기척 때문인지 안간 힘으로 눈을 떴다. 눈빛이 색 바랜 천 자락처럼 흐릿하고 호흡이 까무룩댔다. 애타게 두리번거리던 눈길이 가까스로 자경에게 머물렀다. 뭔가 잡으려는지 갈퀴같이 마르고 투박한 손을 겨우 들어올렸다.

"손잡아 드려라."

자경은 쭈뼛대며 손을 잡다가 싸늘해서 하마터면 뿌리칠 뻔 했다. 아버지는 자경의 손을 움켜쥐려고 애쓰지만 숨소리가 점점 가빠졌다. 버둥거리던 손은 곧 맥없이 이불깃으로 떨어졌다. 꿀꺽, 숨넘어가는 소리가 나며 코와 입과 귀에서 분비물이 왈칵 흘러나왔다. 아저씨가 황급히 옆에 있는 솜으로 막았다.

자경은 멍했다. 자신이 겪고 있는 이 상황이 무엇인지 제대로 파악할 수 없었다. 눈앞에 갑자기 두꺼운 천이 덮어씌워진 듯 아무 것도 느낄 수 없었다. 솜으로 틀어 막힌 아버지의 얼굴이 기괴하다는 사실만 두드러졌다. 아버지의 눈가에 흘러내린 이생의 마지막 눈물 한 자락이 확대되듯 다가들었다.

*

아저씨는 장의사가 오기 전에 아버지의 시신을 갈무리 했다. 몸이 굳기 전에 주물러서 반듯하게 한 후에는 이불을 머리

끝까지 덮어씌웠다. 얼추 정제수시를 끝낸 아저씨의 눈가가 붉었다. 시신 앞에 병풍이 쳐졌다. 향탁에 영정사진이 놓이고 촛불과 향이 피어올랐다.

"이만하면 편히 가신 거지. 형님이 자리에 누워서도 너 신경쓰게 하지 말라며, 나중에 연락하라고 한사코 말렸구나."

아버지는 갑작스러운 노환으로 이틀 간 병원에 입원했다가 오늘 아침에 집으로 돌아왔다. 자경은 그런 상황도 모르고 있다가 오후가 돼서야 아저씨에게 급히 연락을 받고 왔다.

"형님이 원체 고집을 부려야 말이지. 그전부터 그러시긴 했다. 당신한테 일이 생기면 집에서 마지막을 맞게 병원에 두지 말라고."

"그래도 퇴원하는 걸 좀 말리지 그러셨어요?"

"당신이 이렇게 할 것이다. 한 번 마음먹으면 어디 남의 말 듣는 양반이냐? 의사도 그러더라. 워낙 연세가 많은 노환이어서 신체기능이 극도로 저하된 상태이기 때문에, 병원에서도 딱히 치료 방법은 없다며 원하는 대로 해 주라고."

아저씨는 자경을 마주보고 있던 자세를 약간 틀며 다시 말했다.

"그리고 묘는 쓰지 말고 화장하라고 너에게 전하라더라. 어디에도 당신 흔적이 남지 않기를 바란다면서. 아까 너에게 준 서류봉투 안에 집문서랑 장례에 쓸 비용이 든 통장이 있다는데 나중에 살펴 보거라."

자경의 가슴에 오래도록 웅크리고 있던 분노가 치밀었다. 그랬을 것이다. 아버지는 이곳 어디에도 머무르고 싶지 않았을 거다. 평생 가족 곁을 떠나고 싶어 했다는 사실이 새삼 확인되면서, 감출 길 없는 허점처럼 단발의 울음이 큭, 비집고 나왔다. 그 기척이 아버지의 죽음으로 슬퍼서인 줄 아는 아저씨 말이 침통했다.

"설워마라. 형님도 이제 저 세상 가서 형수님도 만나고……."

아저씨의 말은 제대로 이어지지 못했다. 자경의 표정이 일그러진걸 보고는 흠, 헛기침을 하며 다른 곳으로 시선을 돌렸다. 말복이 지나면서 더위가 한 풀 꺾였다 해도 아직 기세가 남아 있었다. 그런데도 어디선가 써늘한 바람이 새어들어 오는 것 같았다. 방안 분위기가 어색했다. 아저씨는 자경과 눈길을 마주치지 않으려 서둘러 일어나면서 말했다.

"너도 알다시피 형님이 혈혈단신이니 친척도 없고…… 호상일은 내가 보마."

사잣밥이 대문 앞에 놓였다. 소반 위의 흰 그릇이 검은 사위에서 휑하니 도드라졌다. 아저씨는 초혼을 하기 위해 아버지 옷을 들고 지붕 위로 올라갔다. 어둠 속의 용마루에서 옷을 흔드는 모습이 유령 같으면서 새가 날아오르는 것도 같았다. 손사래가 점점 커졌다. 얼핏 희끄무레한 무언가가 연기처럼 지붕

위를 건너뛰었다.

*

조문객을 받고 난 아버지는 이승을 떠날 의식을 치렀다.

염습이 시작됐다. 아버지를 감쌌던 옷이 하나하나 벗겨졌다. 한 때는 기골이 장대했을 몸이 근육과 지방이 빠져 마른 허깨비였다. 장의사는 아버지의 몸을 깨끗이 닦고 한지로 감싼 후 머리를 단정하게 빗겼다. 끝을 조금 자른 머리카락과 손톱은 각각의 자그마한 주머니에 넣었다.

수의를 입힐 때 뚜두둑 뚝, 뼈마디 탈골되는 소리가 음울했다. 속바지와 저고리, 도포와 두루마기가 차례로 입혀졌다. 두루마기 자락 옆에는 자른 머리카락과 손톱을 넣은 두 개의 주머니가 매달렸다. 머리에 복건이 씌워지고 발에는 버선과 신이 신겨졌다. 수의를 일습으로 갖춰 입은 아버지는 금방이라도 어디 외출할 사람처럼 보였다.

"자, 가족은 고인에게 절 하세요."

장의사가 한쪽으로 비껴나며 자경을 앞으로 나서게 했다.

"아버지 얼굴 잘 봐둬라. 이제 다시는 못 볼 테니까."

옆에서 작게 말하는 아저씨 목소리에 물기가 축축했다.

핏기 없는 아버지의 얼굴은 사후 경직으로 굳어있었다. 생전에 보인 차가움만으로도 모자라 영원히 보지 못 할 마지막 모습으로는 부당했다. 자경은 그런 아버지를 마구 흔들며 끝까지 이렇듯 차가워야 하는 거냐고 따지고 싶었다.

하지만 그마저도 얼굴은 곧 목멱으로 가려지고 손은 꽁꽁 싸매졌다. 생전의 모습이 삭제된 영락없는 수인이었다. 그간 아버지는 가족 곁에서 수인 아닌 수인으로 살았다. 그 누구도 아닌 스스로의 결박에 묶여서.

장의사는 아버지가 입은 수의의 모든 끈을 오른쪽으로 여몄다. 반함의식飯含儀式에 이르자 손길이 더욱 조심스러웠다. 버드나무 숟가락으로 생쌀을 떠서 입안 좌우, 중앙에 각각 넣었다. 조심하는데도 바닥에 쌀 몇 톨이 떨어졌다. 마지막으로 저승길 여비인 동전을 넣었다. 아버지는 그 노잣돈으로 어디를 둘러서 갈까, 평생을 가슴에 묻어 두었던 그곳을 들를까, 자경의 공허한 눈길이 창밖을 향했다.

습이 끝난 아버지의 몸은 매듭 없이 소렴금小殮衾으로 일곱 번을 묶였다. 칠성판으로 옮겨 남색 바탕에 자주색 깃을 단 대렴금大殮衾으로 싸서, 장포 횡포로 묶인 후 백포白布에 다시 싸였다.

입관이 시작됐다. 장의사는 옻칠이 된 목관에 지금地衾을 깔고 베개를 놓은 다음 아버지 시신을 누였다. 남은 공간은 삼베로 채우고 천금天衾을 씌웠다. 관 뚜껑이 닫혔다. 그 위에 검고 노란 흰 관보棺褓가 소리 없이 덮였다. 아버지가 지나온 한 생애도 고요히 덮였다.

*

이승을 떠난 아버지는 화장장으로 왔다. 관이 화구로 들어갔다. 유리문으로 훨훨 대는 불길이 보였다. 굴뚝에서 검은 연기가 풀썩 풀썩 터져 나왔다. 아버지 몸이 자취 없이 스러진다는 생각에 자경은 그만 몸을 돌렸다.

눈앞에 흰 벽이 가로 막았다. 어찌할 수 없는 막막함이 차올랐다. 매몰차게 외면했음에도 대책 없이 또 그 쪽을 향할 때의 아릿함이었다. 죽도록 미웠지만 거역하지 못 할 애잔함이었다. 벽에 몸을 기대며 생각했다. 아버지 안의 오래된 망령도 이제 저 연기와 함께 사라질까, 아버지의 살과 피가 없어지는 것처럼.

화장이 끝나고 남은 뼈를 화부가 부삽으로 끌어냈다. 뼈는 불에 그슬려 거뭇했다. 골반이었을 뼈는 노화된 골밀도로 숭숭한 구멍이 나있었다. 자경은 그런 아버지 몸에서 자신이 불거져 나왔다는 사실이 먼 곳의 바람결처럼 허랑했다.

뼈들은 긴 장방형 한지에 신체 골격으로 갖춰지고 앞에 조촐한 젯상이 차려졌다. 화부가 다시 말했다.

"곡 하세요!"

모여 있는 사람들이 만들어 내는 곡소리가 커졌다. 자경의
소리는 들리지 않았다. 다만 깊도록 어두운 눈빛이 흔들렸다.
이제 아버지는 세상에 존재하지 않는다는 사실이 이미 떠나버
린 엄마와 겹쳤다. 옥죄는 울음이 목까지 차올랐지만 꾸역꾸
역 삼켰다.

＊

자경은 모든 의식을 마치고 집으로 돌아왔다. 장례 뒤끝에
혼자 있을 자경이 신경 쓰였는지 아저씨 내외도 함께 따라 들
어섰다. 안방에 마련된 향탁의 영정 사진 속에는 아버지의 주
름지고 노쇠한 얼굴이 있었다. 도통 풀지 않을 듯 입을 굳게 다
물고 있다. 지금까지 이를 드러내며 웃는 모습을 본 적 없었다.
그 옆 유리병에 꽂힌 선홍색 해당화 다발이 사진 속 모습과는
영 부합되지 않았다.

아저씨가 그걸 물끄러미 바라보다 말했다.

"형님이 이 꽃을 아주 좋아했지. 마지막 가는 길 실컷 보시
라고 꽂아놨다."

자경은 남의 집에 피어있는 해당화를 하염없이 바라보던 지
난날 아버지의 뒷모습이 생각났다. 그럴 때의 아버지에게선 뭔

가를 열망하는 간절함이 고스란히 드러났다. 절실히 가져야 하는데 그러지 못 해서 혹독하게 애태우는 모습이었다. 그 옆에서 평생을 참담해 하던 엄마가 부속물처럼 따라붙었다.

자경이 열 살 무렵이었다. 학교에서 돌아와 대문을 들어서는데 엄마가 던진 사기 화병이 마당에서 박살났다. 꽂혀 있던 해당화 꽃들이 깨진 화병 조각과 함께 으스러져 나뒹굴었다. 분을 참지 못 한 엄마는 마당까지 내려와 그것들을 밟아댔다. 아버지는 그런 엄마를 외면한 채 바다만 바라보고 있었다.

어린 자경은 대문턱을 넘지 못 하고 그대로 멈춰 섰다. 집안으로 들어설 수 없었다. 엄마의 날 선 분노와 아버지의 무책임한 침묵이 완강한 차단막을 쳤다. 박살난 화병의 사금파리 위로 들끓는 햇살이 위협적으로 부서졌다. 부서지며 튕겨 나오는 햇살에 어린 가슴은 써늘히 베였다.

그러나 베여서 아프다고, 피가 흐른다고 말할 수 없었다. 자라는 동안 제대로 봉합하지 못 해 헤벌어진 그런 상처들은, 흉한 상흔으로 남아서 자경을 웅크리게 했다.

"어째 그동안 집에도 오지 않고 그렇게 무심했니? 혼자 계신 아버지 걱정도 안 되더냐?"

"……."

아저씨의 물음에 자경은 대답하지 않았다. 입을 꾹 다물고 암팡진 눈빛으로 마당만 내다보았다. 그 기세에 아저씨는 슬그머니 화제를 바꾸었다.

"네 나이가 올해 쉰이냐?"

"네."

"벌써 그렇게 됐구나. 네가 자박자박 걸어 다니던 때가 엊그제 같은데 어느새……. 그나저나 장 서방은 일이 많이 바쁘냐?"

"네."

"그래, 남자는 바빠야지. 그래도 말이다…… 부모도 아닌 내가 이렇게 말 하기는 그렇다만 사실 서운타. 명색이 아들 없는 집 사위가 됐으면 아들 노릇을 해야 하는데. 그것까진 바라지 않아도 사위가 돼서 처가에 할 도리는 해야지. 내가 이렇듯 서운한 심정일 때 그간 네 부모는 어땠겠니?"

아저씨는 처가를 소 닭 보듯 하는 남편에게 서운함이 많았던지 대놓고 지청구를 했다. 그건 곧 생전의 부모 심정이기도 했다.

남편은 이번에도 발인이 끝나자마자 서울로 혼자 돌아갔다. 형제나 식구도 없이 자경 혼자 장례 뒤처리가 수월치 않음을 알 텐데도 서둘러 떠나버렸다. 삼우제가 남았지만 자경이 먼저 남편을 보냈다. 처가 일이라면 마지못한 사람을 굳이 붙잡아 두고 싶지 않았다.

남편은 처가에 스스럽지 못했다. 결혼 생활 동안 자주 왕래하지도 않았지만 어쩌다 오면 남의 집 온 듯 불편해서 서름해

했다. 그러다 보니 자경은 친정에 함께 올 때면 남편 눈치를 봐야 했고, 왔더라도 필요한 시간만 대략 때우고 급히 가버렸다.

이번에도 남편은 장례 기간 동안은 물론 화장장에서도 남의 집에 조문 온 손님처럼 비켜나 있었다. 화장 대기를 기다리는 일행들과 섞이지 않고 혼자 떨어져서 맞은편 산자락만 바라보았다. 그런 남편 등에는 어쩔 수 없이 이행해야 하는 마지못함과 무심함이 출렁거렸다.

지난날 아버지의 등이 겹쳐 떠올랐다. 그 등에선 겨울밤의 뒷산에서 웅웅거리는 솔바람 소리만 들렸다. 따스한 봄도 없었고 열정의 여름도, 투명한 가을도 없었다. 아버지의 등을 바라볼 때처럼 남편도 그랬다.

*

결혼하기 전 남편과 자경은 같은 직장에 다녔다. 업무가 달라 가깝게 접할 일은 많지 않았고 회사 내에서 마주치면 가벼운 인사나 나눌 정도였다. 그러다 회사 단체 야유회를 다녀오면서 서로에 대해 좀 더 알게 됐다.

남편은 그날 술선해서 행사 일정의 뒷마무리와 뒤풀이로 들른 호프집에서 자리가 끝날 때까지 다른 사람들을 자상히 챙겼다. 그 모습을 보며 타고난 성품이 워낙에 주변 사람들을 배려

하는구나, 라고 여겼다.

두 달쯤 지났을 무렵 남편은 부친상을 당했다. 자경은 직원들과 함께 문상을 갔다. 돌아오는 차 안에서 직원들은 남편의 불우한 사정에 대한 말들을 피상적으로 나누었다. 자경도 그때는 그들과 같은 무게로 남편의 처지를 동정했다. 남의 딱한 사정을 크게 염두에 두지 않는 의례적인 심정이었다.

남편은 가정 형편이 어려워 전문대학교를 간신히 마치고 일찌감치 가장이 되었다. 아버지는 하는 일마다 실패를 거듭하면서 적지 않은 채무금만 떠 앉은 채 재기를 하지 못 했다. 어머니까지 암에 걸려 병치레를 하다 보니 또 다른 부채도 더 했다. 가정 경제는 극도로 쪼들렸고 많은 빚을 갚는 일은 고스란히 남편의 몫이었다. 동생도 둘이나 있었는데 아직 고등학교와 중학교에 다니고 있었고, 치매에 걸려 아들의 죽음도 모르는 할머니가 있었다.

문상을 다녀온 며칠 후였다. 자경은 퇴근길에 우연히 남편과 지하철 타는 곳까지 동행하게 됐다. 남편은 아버지 상에 와 주어서 고맙다는 인사말을 했다. 그리고 역 입구에서 파는 붕어빵을 사주며 멋쩍어했다. 빵 봉지를 건네는 손이 추운 날씨 때문인지 무척 시려보였다.

자경은 그 손을 보며 문상 때 알게 된 그의 집안 형편이 생각났다. 집으로 오는 동안 시려보이던 손이 자주 떠올랐다. 그 후

퇴근길에 또 만났을 때 자경이 먼저 밥을 먹자고 했다. 그걸 시작으로 둘은 연인이 되었다.

둘의 관계를 알게 된 직장 동료가 남편의 집안 형편에 우려를 내비쳤지만 개의치 않았다. 그럴수록 남편의 처지가 안쓰럽고 짓누르는 무게를 함께 짊어져야겠다는 생각만 커졌다. 부모에게 결혼하겠다는 말을 하자 엄마도 한 걱정을 앞세우며 마뜩치 않아했다.

엄마의 반응은 각오했지만 뜻밖이었던 건 아버지였다. 평소 집안일이나 자경에게 무관심이던 아버지가 명확하게 자신의 의사를 밝힌 건 거의 없는 일이었다.

'제 자식이 마음 맞는 짝과 사는 걸 바라지 않을 부모가 어디 있겠냐만, 네가 말한 사람은 아무래도 그렇다. 형편이 쪼들리다 보면 팍팍할 테고 서로 티격해지면 마음고생을 하지 않겠니? 나는 네가 상처 없는 사람을 만났으면 좋겠구나.'

그때 아버지는 몸을 약간 틀어 뒤뜰을 내다보며 말했다. 늘 그런 자세였다. 자경과 눈을 맞추며 정면으로 바라본 기억이 없었다. 그런 아버지를 볼 때마다 허함이 들었고 서러웠다. 새삼 치밀어 오르는 그 감정이 결혼을 반대하는 아버지에게 그대로 솟구쳤다.

'그렇게 깊은 속을 지닌 분이 그동안 엄마한테는 왜 그렇게 모질게 하셨어요? 그리고 언제부터 저를 그렇게 생각하셨는데

요? 이 세상 모든 아버지가 그런 말을 할 수 있어도 아버지만큼
은 자격 없다는 건 아세요? 그 사람은 아버지 같은 사람이 아니
예요. 도대체 이해할 수 없는 망령이나 부둥켜안고 처자식을 춥
고 아프게 하는 사람과는 달라요!'

자경은 앙칼지게 반박했다. 아버지는 더 이상 말을 하지 않
았다. 마루를 내려서는 뒷모습에 쓸쓸함이 한가득 달라붙어있
었다.

*

자경은 부모의 염려를 묵살하고 결혼했다. 우려대로 결혼생
활은 심신이 고달팠다. 남편과 함께 벌어들이는 수입은 시가의
빚이며 생활비와 시동생들 학비를 보태고 나면 둘의 생활마저
옥죄었다. 그런 형편에 한 생명을 낳고 키운다는 게 엄두가 나
지 않아서, 생활이 나아지면 아이를 갖자고 남편과 합의했다.

사실 어려운 형편을 내 세운 건 표면적인 이유였다. 자경은
굳이 아이를 원하지 않았다. 그에 깔린 건 부모라는 육친에 대
한 회의 때문이었다. 현실이 아닌 다른 곳을 바라보며 삶을 허
비하는 아버지와, 그런 아버지를 향한 애증으로 자신을 함몰시
키는 엄마가 싫었다. 부모의 대책 없는 스스로의 굴레들이 지겨
웠고 그로 인해 자식인 자신에게 가해진 부당함이 억울했다. 자

경은 부모라는 존재의 무게에 극도로 부정적이었다.

결혼 삼 년이 됐을 무렵 피임을 했는데도 뭐가 잘못되었는지 임신이 되고 말았다. 아이를 낳을 수는 없었다. 남편에게 아직 정리하지 못 한 시가의 빚을 앞세워 중절수술 뜻을 밝혔을 때 남편은 서운해 하면서도 응했다. 수술을 할 때 남편은 함께 있었고, 수술이 끝난 후 자경을 부축할 때는 많이 미안해했다.

그 후 피임에 부주의한 바람에 임신을 또 하면서 한 번 더 수술대 위에 누웠다. 남편에게는 알리지 않았다. 굳이 마음을 무겁게 해 주고 싶지 않다는 게 이유였지만, 행여 아이를 갖고 싶어 할 남편의 심경 변화를 차단하고 싶어서였다. 그때 자경의 나이 서른 중반을 넘고 있었다.

그 무렵의 어느 날에 남편은 몸을 제대로 가누지 못 할 만큼 많은 술을 마시고 집에 들어왔다. 9평짜리 좁은 아파트 현관에서 신발도 벗지 못 하고 널브러질 정도였다. 그러면서도 혀가 잔뜩 꼬부라져서 간간히 욕을 섞어가며 누구에게 향하는지 모를 울화를 터뜨렸다.

다음날 새벽이었다. 자경은 가슴이 눌리는 압박감에 눈을 떴다. 술이 덜 깬 남편이 자경의 몸을 헤집고 있었다. 가슴팍으로 우왁스레 집어넣는 손길이 거칠었다. 젖가슴을 어찌나 세게 움켜쥐는지 잠옷 앞자락의 단추가 툭 벌어졌다. 남편은 자경의 팬티를 허겁지겁 벗겨내며 거친 주정 같은 섹스를 했다. 마치 잡아야 할 걸 놓쳐버린 절박함이었다.

그리고 몸부림치듯 자경의 가슴에 얼굴을 비비며 말했다. 속을 드러내도록 휑한 자조 섞인 말이었다.

'푸하, 난 아주 못난 놈이야. 이제 더 이상 수술하지 마…….
내 자신이 초라해서 견딜 수 없어!'

남편의 거친 행위만큼이나 자경도 흔들렸다. 남편은 자경이
두 번째 수술을 한 걸 알고 있었다. 아이를 임신했음에도 생활
의 어려움으로 매번 수술대 위에서 없애야 하는 사실에 괴로워
했다. 그것이 자신의 무능 때문이라 여기며 자괴감에 시달리
고 있었다.

결혼 생활 13년이 지났다. 그간 시할머니와 시어머니도 죽
고 시가의 빚도 얼추 갚았다. 형편은 예전보다 나아졌다. 시동
생들은 자경부부가 고등학교까지 마쳐준 것만으로도 고마워했
다. 대학 입학은 본인들이 알아서 선택했고, 대학 과정은 아르
바이트와 학자금 대출과 휴학을 반복하면서 겨우 마쳤다.

자경은 마흔이 되었을 때야 부모가 되고 싶지 않다는 심경을
바꾸면서 임신을 하기로 했다. 남편의 초조함이 전해졌고, 한
해 한 해 나이가 들면서 몸의 변화가 두드러졌다. 피임을 하면
서 수태력을 일부러 제지했던 호기로움은 위축되었다.

회사를 그만두면서까지 임신하는 데 몰두했으나 쉽지 않았
다. 세 번의 임신을 더 했지만 삼 개월을 못 넘겨 번번이 자연

유산이 되었다. 전문 병원과 임신에 좋다는 약이나 방법을 써 봐도 소용없었다. 인공임신도 두 번이나 시도했지만 실패했다. 병원 검사에서도 자경과 남편에게서 난임의 정확한 원인을 찾을 수 없었다. 다만 적지 않은 나이로 수월한 임신을 하기가 어렵지 않을까 라는 소견을 담당의사는 비쳤다.

남편은 자신의 무능력을 환기하며 자경에게 미안해했다. 하지만 그것도 시간이 지나면서 무뎌졌다. 둘 사이에는 채워지지 않는 틈이 가로놓였다. 서로에게 건네는 감정은 속 빈 강정처럼 퍼석거렸고, 행동반경에 대해서도 들어오면 들어오고 나가면 나가는가보다 심드렁했다. 차라리 촉을 곤두세우며 예민하게 반응하는 게 낫겠다는 생각이 들만치 무신경했다. 둘의 일상은 매캐한 연기가 찬 곳에 있듯 텁텁했다.

남편은 이제 임신을 기대하지 않았다. 자경도 실낱같은 기대마저 접었다. 얼마 전에 완경이 되었다.

*

아저씨가 자경에게 조심스레 물었다.

"그래, 여전히 태기는 없냐?"

자경은 대답하지 않고 열어 놓은 문 밖으로 시선을 돌렸다.

"걱정이구나. 나이가 적지 않은데."

아저씨 말에 부엌에서 술상을 차리던 아주머니가 대꾸를 하지 않는 자경을 의식하느라 말참견을 했다.

"쓸데없는 소리를 하고 있어요. 쉰둥이도 있습다. 그리고 우리 때야 자식 낳아서 뼛골 빠지게 키우는 게 단 줄 알고 정작 제 인생은 제대로 살아 보지도 못 했잖수. 요즘 사람들은 자기 인생 즐긴다고 일부러 안 난다고도 합디다."

"츳, 말 같지 않은 소리를! 아, 뭐 해? 술상이나 봐 와!"

아저씨는 아주머니의 말이 언짢은지 불퉁하게 말을 잘랐다. 아주머니가 자경을 향해 눈을 찡긋했다.

아저씨 부부는 자경 집안과는 남남이지만 오래전부터 부모와 돈독한 인연을 맺었다. 대소사가 있을 때마다 친 형제간처럼 나서주던 아저씨는 아버지 동생이자 자경에게는 작은 아버지나 마찬가지였다. 아버지나 아저씨 둘 다 전쟁으로 혈혈단신 피난 내려왔기에 긴밀감이 더했다.

자경이 태어나고 자란 거진은 북에서 온 실향민들이 많았다. 대부분 함경도 쪽이었다. 아저씨도 그 중 한 사람이었다. 열일곱 살부터 삼팔선을 넘나들며 보따리 장사를 했다. 이북 동북부 쪽을 들락거리는 삼팔따라지들은 이곳을 교두보로 삼아 밀교역을 했다. 전쟁이 터져 삼팔선이 그어질 때만 해도 뒷거래로 왕래를 할 수 있었지만, 휴전선이 그어지면서 남쪽에 내려와 있던 아저씨는 발이 묶이고 말았다. 고향을 잃고 가족과 생이

별한 한이 컸다. 가슴에 품은 그리움도 치유할 수 없이 깊었다.

"부모 자식 인연이 어디 보통 인연이더냐. 생명 점지가 억지로 되는 건 아니다만, 형님이 늘 그것 땜에 속을 끓였니라. 어디서 임신에 좋다는 소리만 들으면 구하지 못해 안달이었는데. 사실 경숙 어미가 보냈다는 게 다 형님이 구한 것들이란다. 형님이 보냈다고 하면 네가 아예 먹지도 않을까봐서."

자경은 아버지가 자신의 임신을 위해 애를 썼다는 말을 들어도 그다지 와 닿지 않았다. 오히려 트집이듯 아저씨가 뭘 잘못 알고 있는 거라 단호하게 자르고 싶었다. 그렇게라도 아버지가 건넨 것들을 뭉개버리고 싶은 심정이었다.

자경이 어렸던 시절에는 주변에 아버지 없는 아이들이 꽤 있었다. 분단 접경지역이라는 특성으로 납북되기도 했고, 바다에서의 거친 풍랑에 사고를 당해 죽은 사람들이 많았다.

'아버지 없는 사람 손들어!'

학기 초가 되면 담임교사는 환경조사 명목으로 자주 손을 들게 했다. 그때마다 손을 들어야 하는 아이들은 주눅이 들었다. 자경은 아버지가 있음에도 그 아이들과 다를 바 없는 심정이었다. 아버지에게서 흘러나오는 한기에 늘 웅송그렸기 때문이었다.

아버지는 술을 많이 마셨다. 기분 좋게 마시는 술이 아니라 안에서 끓어오르는 상심 때문이었다. 어느 날 술에 취한 아버지는 엄마와 자경에게 비수가 꽂히는 말을 했다.

'너희들만 아니면 훨훨 날 텐데, 내 다리를 양쪽에서 잡고 늘어져 한 발자국도 움직이지 못하게 한단 말이다. 제발 날 좀 놔줘라!'

악다구니를 쓰는 아버지를 피해 구석에서 쭈그리고 있는 엄마의 모습이 하얗게 바래보였다. 자경은 아무 이유 없이 배척당하는 게 억울했다. 따뜻한 안으로 발을 들여놓지 못하고 비바람 몰아치는 문 밖으로의 내몰림이었다. 무자비하게 밀어내는 사람이 아버지라는 사실이 더 아팠다.

그때 이후로 아버지에게 그와 같은 말을 또 듣지 않았지만, 상처는 화인으로 남았다.

*

어린 날의 자경은 그림을 곧잘 그렸고 대회에 나가서 자주 상을 탔다. 초등학교 오학년 때는 도내 사생대회에 학교 대표로 나가게 됐다. 아저씨와 아줌마는 상을 타라고 아침 일찍부터 엿을 가지고 와서 먹여주기까지 했다. 그러나 아버지는 어떤 감정도 내색하지 않았다.

엄마는 다친 허리병이 도져 제대로 운신하기 힘들어 누워있을 때였다. 큰 대회에 어린 딸을 혼자 보내는 게 속상해서 아버지에게 같이 가달라고 했지만, 아버지는 등을 보이고 돌아앉아 열어 놓은 방문으로 먼 바다만 묵묵히 바라보았다. 아버지의 등은 두께를 가늠할 수 없는 깊은 강의 얼음이었다. 닿지 못 할 먼 곳을 향한 절박함 속에서만 허우적대고 있었다.

자경은 그날 대회에서 입상했다. 대회가 끝나고 다른 아이들은 함께 온 부모와 기념사진을 찍었다. 축하 분위기로 들썩한 속에서 자경만 외톨이였다. 대회장 주변 식당들은 아이들과 부모들로 웅성거렸다. 식구가 오지 않은 자경은 인솔했던 교사와 짜장면을 먹었는데 왜 그리 맛이 없던지, 눈물이 차올라 첫 가락질이 자꾸 엇물렸다. 가정환경조사 때마다 아버지가 없어 손을 들어야 하는 아이들 같은 서러움이 불쑥불쑥 치밀었다.

자경이 중학교 삼 학년 때였다. 특별활동으로 미술반에 들었다. 수업 중에 미술 교사는 학생들에게 화집 몇 권을 보여 주었다. 그 중의 한 화집은 모네의 작품집이었다. 표지에는 초록색 양산을 든 여인이 있었다. 보이지 않는 부드러운 바람결은 풍성한 빛이 되어 주변에 흘렀다. 빛의 또 다른 파장이었다. 여인은 금방이라도 옷자락을 나풀거리며 그 빛의 막을 뚫고 걸어 나올 듯 생생했다. 그림 속에 가득한 몽환적 색채 속에 자경의 새파란 감수성이 녹아들었다.

또 다른 화집은 바다를 소재로 한 여러 그림이 있었다. 절벽에 부딪치는 파도가 흰 포말을 사방으로 퍼트리며 치솟았는데,

그걸 바라보는 인물들을 어둡게 처리한 '에트르타의 사나운 파도'가 있었다. 거친 파도의 포말이 출렁이는 '코통항의 피라미드들'과 작은 요트가 위험스레 거친 풍랑 위를 헤쳐 나가는 '초록색 바다'가 광대하게 펼쳐졌다. 자경의 생동하는 감흥도 널을 뛰었다.

자경은 화가가 되고 싶었다. 수시로 변하는 다양한 빛의 색채와 그 뒤의 음울한 그림자를 그려 내고 싶었다. 화집 속의 바다들처럼 거친 파도의 꿈틀거림과 욕망을 표현하고 싶었다. 지도했던 교사도 미술을 체계적으로 배워보기를 권유했다.

그러나 미술대학을 가고 싶어 인문계 고등학교에 진학하겠다고 하자 엄마는 고개를 저었다. 그때 엄마는 허리가 아파 엉거주춤 구부린 채 한 푼이라도 벌기 위해 선구점에서 받아 온 새 그물을 포장하는 부업을 하고 있었다. 하루 종일 해야 푼돈에 지나지 않는 수입이었다. 그런 형편에 대학 진학과 미술 공부는 욕심이었다. 일을 나가지 않고 술에 취해 있던 아버지는 남의 집 자식 일처럼 무심했다.

자경은 아버지에게 적의가 일었다. 방문을 부서져라 닫고 나왔다. 마당에서 저만치 보이는 바다가 거뭇하게 앞을 가로막았다. 목이 터져라 악을 썼다. 바다를 향해 아무 거나 닥치는 대로 집어 던지고 싶을 만큼 좌절감의 분노가 컸다.

자경은 여상을 나와 한 회사의 경리사원으로 취직했다. 생활하면서 그림이라는 말 자체를 입에 올리지 않았다. 대신 아버지를 향한 원망만 더욱 깊어졌다. 형편이 넉넉해서 미대를 갔다 해도 화가의 길을 가리라는 보장은 장담할 수 없었다. 그걸 알면서도 좌절된 갈망이 아버지 때문이라는 꼬투리를 끌어다 돌팔매질 하는 억하심정이었다. 그건 얇은 표피층을 관통하는 예리한 칼날의 억지를 스스로에게 겨누는 것과 같았다.

*

방안에서 바라보이는 바다가 고요했다. 자경은 아버지의 넋이 지금쯤 먼 바다를 지나고 있을까, 라는 생각이 잠깐 들었다. 북한에 있는 장전이라는 곳은 거진과는 지척이었다. 완만하게 휘어진 이곳 항구처럼 장전항도 그런 모양새였다. 두 항구의 정경이 많이 흡사하다고 어른들이 하는 얘기를 들었다.

자경이 초등학교 사학년이던 어느 한낮이었다. 요란스러운 총 소리가 읍내를 덮쳤다. 부둣가 임검소 사이렌이 불길하게 울렸다.

'부두에 있는 주민들은 빨리 안전한 곳으로 대피하시기 바랍니다! 지금 북한에서 내려온 배가 연안에 침투하고 있습니다!'

임검소의 확성기가 왱왱거렸다. 부두에서 일하던 사람들이 황급히 집으로 뛰어 들어갔다. 연안에서 작업 중이던 배들도 축

항 안으로 서둘러 돌아왔다. 집집마다 어른들이 밖에서 놀고 있는 아이들을 서둘러 단속했다.

자경은 그때 항구 끝에 있는 산둥성이의 등대 밑 동네에 있던 중이었다. 그곳에 살고 있는 친구 집 마당에서 아이들과 고무줄넘기를 하고 있었다. 급박하게 울려대는 사이렌과 헬리콥터 소리에 아이들이 놀이를 멈추었다. 친구 아버지가 방문을 열고 빨리 집안으로 들어오라고 했다. 그때 옆에서 사방치기를 하던 친구 남동생이 가지고 놀던 돌을 던지며 낮게 말했다. 얼굴에 들뜬 호기심이 가득했다.

'우리 등대 있는 곳에 올라가보자. 거기 가면 총 싸움하는 거 잘 보일 거야!'

아이들 눈이 반짝였다. 헬리콥터가 낮게 날았다. 타다다다! 요란한 프로펠러 소리가 고막을 뚫을 것 같았다. 그래도 아이들은 아랑곳없이 재빨리 마당을 가로질렀다. 친구 아버지가 위험하니 가지 말라고 소리쳐도 이미 등대 쪽으로 내달렸다. 자경은 무서워서 집으로 돌아가려는데 한 아이가 잡아끄는 바람에 얼결에 휩쓸렸다.

등성이를 올라 등대 맞은편에 도착했을 때 연안 바다는 아수라장이었다. 항구를 벗어난 바다 한 가운데서 배 한 척을 두고 남한 측 군함과 경비정이 포위하고 있었다. 하늘에서는 여러 대의 전투기가 굉음을 내며 선회하고 있었다.

포위된 배는 군함에 쫓기다 전투기의 폭격을 받았는데 고물에서 검은 연기가 피어올랐다. 배에 있던 사람들이 이물로 몰려들어 살려달라고 아우성쳤다. 다행히 그들은 곧 구조되어 경비정에 옮겨 탔다. 배는 북한 측의 일반 어선이었다. 먼 바다에서 어슴푸레한 안개 때문에 항로를 이탈했다가, 북한의 장전항인 줄 착각하고 연안까지 들어오게 되었던 것이다.

한참이 지나서야 한낮의 급박했던 상황은 큰 피해 없이 진정되었다. 배들이 항구 쪽으로 사라지는 걸 보느라 시선을 움직이던 자경에게 맞은편의 등대 출입구에 서있는 아버지가 보였다. 아버지는 바다를 향해 손을 휘휘거리며 소리를 질러댔다. 거리가 멀어 제대로 들리지 않았는데 마치 정신 나간 사람 같았다. 자경은 누군가 와서 아버지를 말려서 데리고 가 주기를 바랐다. 함께 있는 아이들이 알아볼까 부끄러웠다.

아버지는 평소에도 자주 등대 근처에 와서 하염없이 먼 바다 쪽을 바라보곤 했다. 술이라도 취한 날에는 주저앉아 격한 울음까지 터뜨렸다. 그런 행태는 동네 사람들에게도 익숙했다. 어떤 때는 술에 취해 비틀거리다 가파른 언덕 밑으로 떨어지기라도 할까봐, 등대 직원이 신고를 해서 경찰이 출동한 적도 있었다.

자경은 아이들을 따라 등성이를 내려오면서 아버지가 있는 쪽을 다시 봤다. 아버지는 아까와 달리 망연히 바다를 바라보고 있었다. 바다는 조금 전에 일어났던 일들이 꿈인 듯 평온했다. 망망한 바다 중간에 작은 섬 하나만 떠있을 뿐이었다. 그 섬에서 바라 본 육지는 멀었다. 반대 편 먼 바다는 더욱 아득했다. 아버지의 모습은 그 섬에 갇혀 이러지도 저러지도 못하는 것처럼 보였다.

그날 밤늦게 인사불성으로 술에 취한 아버지는 아저씨 등에 업혀왔다.

'장전에서 온 밴데…… 그 배는 민간인들이 탔는데……. 이 새끼들아! 왜 포탄질은 하구 지랄이야!'

아버지는 몸을 뒤틀며 울부짖었다. 그런 아버지의 겉옷을 벗기는 엄마에게 도저히 들어낼 수 없는 무거움이 짓누르고 있었다.

*

젊었던 엄마는 어린 자경에게 북쪽에 있는 아버지의 집안 얘기를 가끔 해 주었다.

'아버지 집은 부자였단다. 논밭도 많아 소작을 부치는 사람도 꽤 됐고 집안 대대로 한의사였단다. 아버지도 대학을 다니다 전쟁 때문에 그만 두기는 했다만, 그 시절에 고모들도 다 전문학교를 마칠 정도면 살만한 집안이었지.'

'엄마는 북한에 가 본 적 없다면서 어떻게 알아?'

'어떻게 아냐고? 아버지가 얘기 해 주었으니 알지.'

'피이, 아버지가 무슨 말을 해. 매일 입을 꾹 다물고 있으면서!'

'아버지도 예전엔 그렇게까지 말수가 없진 않았단다. 이산 가족 찾기 방송이 나오고부터 만사 젖혀놓고 다니더니 부쩍 더 했지. 에휴…… 그때 없앤 돈 따져 보면 기와집 서너 채는 샀 겠다.'

엄마가 내뱉는 한숨이 누런 화선지처럼 공허했다.

1983년 여름이었다.

한국전쟁이 발발한 뒤의 대한민국에서, 분단 이데올로기는 북에 가족을 둔 사람들을 쉬쉬하게 만들었다. 남쪽에 발을 딛 고 살려면 그래야 했다. 그렇듯 생사조차 알 수 없는 혈육 간에 몇 십 년의 이별은 크나큰 비극이었다.

그러나 어느 날 터져버린 이산가족 상봉의 거대한 열기는 온 나라를 휘감았다. 살아서는 다시 볼 수 없으리라 여겼던 부모 형제를 마주 한다는 건 충격이었고 경이로웠다. 텔레비전은 연 일 이산가족의 상봉 장면을 방영했다.

자경에게 최초의 기억이 형성될 때부터 보아왔던 아버지는 가족을 배려하지 않았고 건실하지도 않았다. 폭력을 휘두르거 나 도박 같은 걸 하지 않았지만, 한 번 술을 입에 대면 일손을 놓아 버리고 며칠이고 술에 빠져 지냈다. 자연 집안 경제는 많 지 않은 식구인데도 항시 허덕였다. 남북이산가족찾기 방송 후부터 정도는 더 심해졌다. 얼굴이 새카맣게 타들어가도록 서울을 바삐 오갔다. 아예 방송국 주변에서 노숙을 하며 떠나온 북의 고향 소식을 알고자 했다.

하지만 아무도 만나지 못 했다. 여름이 끝나면서 이산가족 열풍도 가라앉았다. 집으로 돌아온 아버지는 진이 빠진 몰골이었다. 일체 아무 말도 하지 않고 술만 찾더니 시름시름 앓기 시작했다. 병치레는 해를 넘기도록 중했다. 다음 해 봄이 돼서야 몸을 추스르고 일어나서는 생업은 또 손을 놓다시피 했다. 북쪽 가족 소식을 알만한 곳이나 사람이 있다면 오밤중에도 달려 나갔다.

그렇게 몇 년을 헤매 다니다 겨우 알게 된 사실은 기구했다. 자경의 할아버지와 큰아버지는 이미 처형당했고, 남은 식구들마저 서천인지 단천인지 지역도 정확하지 않은 곳으로 끌려갔는데 소식은 알 수 없었다. 지주이며 한의사 집안이라는 게 이유였다. 거기에 아버지가 남한군에 징집되었고 남한에 눌러앉았다는 게 큰 문제가 되었다.

엄마 또한 아버지 같은 이산의 아픔은 아니지만 아픈 가족사가 있었다. 엄마가 열 살 때 6·25 전쟁이 일어났다. 자경의 외증조할아버지가 병을 앓고 있어 미처 피난을 못 가고 있던 중이었다. 낯선 사내 열 댓 명이 동네로 들이닥쳤다. 퇴각하다 뒤처진 북측 낙오병들이었다. 그들은 피난을 가지 못 한 몇 안 남은 집인 자경의 외갓집으로 들어왔다. 대부분 겨우 열대여섯 살 정도의 소년병들이었다.

마당 여기저기 주저앉은 그들의 눈빛은 공포가 가득했다. 입성은 헤졌고 얼굴은 피골이 상접해있었다. 어떤 병사는 팔에 총을 맞아서 헤진 옷 사이로 피가 뻘겋게 배어 나왔다. 또 한 병사는 총상 입은 다리에 부목 삼아 엉성한 나뭇가지 서너 개를 이어 붙여 놓았는데, 상처가 벌어져 피에 절은 속살이 그대로 드러나 있었다.

지휘관일 남자가 자경의 외할아버지에게 총부리를 갖다 대며 밥을 하라고 윽박질렀다. 수틀리면 뭔 짓을 할지 몰라 식구들은 시키는 대로 할 수밖에 없었다. 외증조 할머니는 젊은 며느리와 딸을 눈에 띄게 하지 않으려고 고방에다 숨겨놓고 혼자 밥 짓는 수발을 들었다.

이틀을 눌러있던 인민군들이 떠났고 다행히 별 일은 없었다. 하지만 문제는 그 다음부터였다. 사람들이 피난 갔다 돌아오면서 우익들이 활개를 쳤다. 그들은 자경의 외갓집에서 인민군에게 밥 해 먹인 것과 아무 화도 입지 않은 걸 꼬투리 잡았다. 결국 자경의 외할아버지가 끌려가서 곤욕을 치루고 일주일 만에 풀려났다. 외할아버지는 모진 고문에 운신을 못 할 만큼 몸이 망가졌는데, 그 해를 넘기지 못 하고 사망했다.

우익들은 밤낮으로 자경의 외갓집을 감시했다. 어디 가까운 곳을 가도 필히 신고를 해야 할 만큼 일거수일투족을 제한받았다. 별 것 아닌 것에도 트집을 잡는 바람에 어떠한 말도 제대로 할 수 없었다. 그러다보니 뒤란 댓잎 스치는 소리, 앞마당을 서성이는 사소한 기척에도 식구들은 놀라고 잔뜩 조심했다.

그렇듯 전쟁의 참혹한 상처 속에 자경 부모의 불행한 가족사가 있었다.

*

마당가를 죽 둘러 핀 해당화가 한낮 햇살에 축 쳐져있다. 방 안에서 그걸 내다보는 자경에게 아저씨가 말했다.

"형님이 이 집을 살 때 저 해당화 때문에 샀다더라. 남들은 비 오면 마당에 흙 질퍽거리는 거 싫다고 시멘트로 죄다 발랐어도, 해당화 뿌리 다치지 않게 하려고 지금까지 흙 마당 아니냐. 어찌나 해당화를 좋아했던지⋯⋯."

그 때문에 엄마는 오랜 시간 고통스러웠다.

아버지는 어부였다. 여름이면 근해보다 오징어 어획량이 더 많은 울릉도로 가서 한 달 가량 조업을 했다. 거진에선 대부분의 어부들이 여름 한 철을 그렇게 집을 떠나 있었다.

아버지가 울릉도로 떠난 날이었다. 엄마는 삽과 호미를 들고 뜨거운 볕 아래에서 낑낑대며 해당화 뿌리를 캐냈다. 긴 세월

뿌리를 내린 해당화는 도무지 끝을 보여주지 않았다. 불도저가 와서 마당을 몽땅 뒤집어 놓으면 모를까 어림없었다.

엄마는 뿌리를 파다 말고 갑자기 뒤뜰로 달려갔다. 다시 마당으로 나왔을 때 손에 낫이 들려 있었다. 장갑도 끼지 않은 맨손으로 해당화 줄기를 베기 시작했다. 날카로운 가시 때문에 손에서 피가 흘러도 아랑곳하지 않았다. 한참을 그러더니 낫을 팽개치곤 주저앉아 꺼이꺼이 울었다. 피가 흐르는 손에 눈물이 떨어져 벌겋게 번졌다.

엄마가 결혼할 때 장만했던 화장대에는 해당화가 피는 철이면 화병에 늘 꽃이 꽂혀 있었다. 자경은 그런 엄마가 미친 듯 해당화를 짓밟는 걸 이해할 수 없었다. 나중에서야 왜 그랬는지 알게 되면서 자경은 엄마가 안쓰러우면서도 딱했다. 가까이 없는 대상을 향한 원망과 미움은 처절했으나 풀 길 없는 허망함이었으며 참담함이었다. 엄마는 곁에 있지도 않은 대상과 비참한 싸움을 하느라 스스로 고통스러웠다.

아저씨가 다시 말했다.

"네가 아버지에게 맺힌 게 많다는 걸 안다. 하지만 이제는 다 지나간 세월이잖니. 네 어머니도 평생 아버지 진실을 모르고 돌아가셨지만 너는 아버지를 이해해야 한다. 두 분도 이젠 만나서 다 풀면 좋으련만……."

"……."

"사실 두 양반이 한스러운 인생 살다 가셨지. 어쩌겠누. 세월이 무지막지했던 걸. 그러니 너도 이제 홀홀 털거라."

아저씨가 잔에 술을 따라 자경에게 건넸다.

"그래, 편하게 마시고 오늘은 푹 자. 상 치르느라고 고단할 텐데."

술을 권하는 아주머니 눈가가 불콰했다.

"형수님 돌아가신 지가 벌써 칠 년이 됐구나."

아저씨의 말에 자경의 몸속으로 전류가 흐르듯 써늘함이 뻗쳐들었다. 자경의 삶에서 피 흘리는 아픔으로 남아 있는 그 때의 시간들이었다.

칠년 전이었다.

아버지가 자경에게 직접 전화를 한 건 뜻밖이었다.

'집에 한 번 왔으면 좋겠는데…….'

전화기 속의 아버지 말은 조심스러웠다. 어쩔 수 없는 부탁을 할 때 염치없어하는 태도였다.

'무슨 일이 있어요?'

자경은 뚱하게 대꾸했다. 잠깐의 침묵 속에 아버지의 민망한 기척이 전해졌다.

'아…… 아니다. 뭐 별일은 아니고 며칠 엄마 말동무나 해주었으면 싶어서 그런다. 요즘 네 엄마가 잠을 잘 못자고 밥도 뜨는 둥 마는 둥 하는데, 너라도 오면 기분전환이 되지 않을까 해

서 말이다.'

자경이 집에 와서 본 엄마는 몸을 지탱하고 있는 게 다 삭아 버린 것 같았다. 심하게 삐걱거리는 쇠잔한 모습이었다. 가슴이 아팠던 건 화장대 서랍에 수북한 약 봉투 때문이었다. 대부분 정신과에서 처방한 약들이었다.

*

상에 술잔을 내려놓은 아주머니가 한숨을 쉬며 말했다.

"네 엄마가 치료받은 지 꽤 됐었다. 너 아이 못 가져 상심하고 있는데 신경 쓰게 하면 안 된다고 쉬쉬한 거지. 내가 알지. 네 엄마 속 썩고 산 세월이 도대체 얼마냐. 아이구, 징그러! 그 세월이 장장 몇 십 년이다, 몇 십 년!"

"이 사람이? 그런 얘긴 해서 뭘 해?"

"아, 왜요? 다 지나갔으니 얘기하지. 자경 아버지가 형님한테 잘한 건 없잖수. 그 속을 썩고도 정이 뭔지, 결국은 그 사단이 나고 말았지만. 그날은 이상하더라고. 아침에 자고 일어났는데 뜬금없이 형님이 생각나면서 괜히 맘이 급해지는 거라. 그래 부랴부랴 건너 왔잖수. 안방에 가보니 자경아버지는 아직 자고 있고 형님이 덮었던 이불은 말끔하니 개켜있기에 잠깐 어디 나갔거나 화장실에라도 갔나 했지. 건넌방에 가보니 자경이도

아직 자고 있더라구. 나는 지금도 그날만 생각하면 가슴이 벌
렁대네. 세상에……."

아주머니가 기어이 옷자락을 끌어 당겨 눈께를 닦으며 말
을 이었다.

"자경이도 제 엄마 그렇게 되고 나서 한 번도 집에 오지 않았
잖수. 모르는 사람들이야 혼자 된 아버지 팽개쳐 둔다고 뭐라고
합디다만 나는 이해해요. 쟤도 속 많이 아팠을 거유."

아버지 전화를 받고 집에 왔던 그날 밤, 엄마와 아주머니가
벌인 술상에서 몇 잔을 받아 마시고 자경은 먼저 방으로 들어
왔다.

'잠자리는 어떠냐? 장 서방이 혼자 있어도 불편하지 않게 잘
챙겨놓고는 왔니?'

아버지가 방문을 열고 물었다. 하루 종일 있어도 말 한마디
들어 보기 쉽지 않던 아버지가 챙기는 것에 자경은 어색해서 대
충 대답하고 말았다. 아버지는 잠시 무춤히 서있다가 문을 닫
았다. 어둠이 들어찬 덧문 유리창으로 희끗희끗 복사꽃이 날리
는 게 보였다. 안방에서는 흥 많은 아주머니의 거나한 노랫소
리가 구성지게 흘러나왔다.

그간 자경의 일상은 임신이 되지 않아 초조해서 잠을 잘 이루
지 못 했다. 그날은 잠자리가 바뀌었는데도 그다지 뒤척이지 않
고 잠들었다. 꿈을 꾸었다. 형체 없는 누군가를 잡아야 했는데

도무지 잡히지 않았다. 내뻗은 손은 허공만 휘저을 뿐이고 주변은 분간이 잘 안 될 만큼 흐릿했다. 그리고 자경아, 자경아······ 찢기는 파찰음이 귓전을 때렸다. 눈앞에 다가든 아주머니 얼굴이 하얗게 질려있었다.

자경은 아주머니 손에 끌려 허둥대며 뒤뜰로 갔다. 끝 방 처마에 엄마가 있었다. 서까래에 매달린 몸이 공중에서 흔들렸다. 해가 잘 들지 않는 그 옆 돌담에는 짙푸른 이끼가 무성하게 덮여있었다. 축축한 돌 틈마다 비어져 나온 연록의 돌나물들이 노란 솜털 꽃을 천진하게 피우고 있었다. 노란 색채의 물결이 눈앞에서 회오리쳤다. 어두운 구렁텅이에 처박힌 듯 몸이 걷잡을 수 없이 떨렸다.

*

자경은 돌 틈에서 피어나던 그때의 돌나물 꽃이 떠오르자 울컥, 구역감이 일었다. 그날 이후 한동안 샛노란 색을 보게 되면 그런 증상이 치밀었다. 봄이 되면 곳곳에 군락을 이루며 피어나는 개나리덤불을 보기 힘들어서, 눈을 질끈 감아버리거나 황급히 외면했다.

"자경 아버지가 장전 여자한테 그러지만 않았어도 형님 그토록 허망하게 가지 않았을 거유. 남인 내가 들어도 속이 뒤집어질 판인데, 몇 십 년을 애간장 녹였으면 됐지. 장전 소식을 알고 나서 자경 아버지 미친 사람이었수. 일도 안 나가고 거기 소식 알아보려고 기를 쓰고 싸돌아 다녔잖수. 기회만 되면 돈이고 뭐고 보내주지 못해서 안달했으니까. 자경이가 직장생활하면서 모은 돈으로 사 준 밭뙈기도 다 팔았으니 말해 뭐 해. 하여튼 장전인가 뭐시기가 형님한테는 원수라, 원수!"

아주머니의 원망 담은 말에 아저씨는 담배에 불을 붙이며 뒤뜰 쪽으로 돌아앉았다.

장독대에 있는 항아리들이 늦여름 오후 햇살을 잔뜩 받고 있었다. 생전의 엄마는 항아리를 자주 씻었다. 씻긴 항아리들은 환한 햇살에 반들하니 흑단 같은 머릿결처럼 고혹스러웠다. 그러나 엄마가 떠난 후 항아리들은 아무 내용물도 없이 내던져있었다. 장독대 부근으로 잡초들이 무성했다.

"네 아버지가 널 오라고 한 것도 엄마 상태가 안 좋아서였어. 같이 있다가도 혼자 중얼대는 거야. 눈동자가 똑바르지 못하고 엉뚱한 곳을 보면서 그러더라고. 그러다 나랑 눈이 마주쳤는데 갑자기 돌변해서 달려드는 거야. 눈에 불이 뚝뚝 떨어지더라. 내 머리끄덩이를 잡고 죽자 사자 달려드는데 아마 착각을 했던가 봐."

아주머니는 말끝에 훌쩍대며 코를 풀었다.

"아마 그 무렵이었을라나? 저녁에 마실을 왔더니 네 엄마가 약봉지를 들고 울상이 돼 있더라. 왜 그러냐니까 약봉지를 어떻게 뜯어야 할지를 모르겠단다. 그때만 해도 난 장난인 줄 알았다. 며칠 있다가 너희 아버지가 놀라서 우리 집을 왔더라. 엄마한테 좀 가보라면서, 어째 이상하다고. 글쎄 네 아버지가 옆에 있는데도 자꾸 자경 아버지 어디 갔냐고 그러지 않겠니. 나중에 병원에 갔더니 치매기라나 뭐라나."

흠, 흠! 아저씨가 헛기침을 했다.

"의사 말이 너무 스트레스를 받아도 그럴 수 있다는데 그게 뭐냐? 결국 속상한 거 아니냐? 그 속을 누가 썩였겠니. 난 네 아버지 생각하면 밉다. 젊은 청춘에야 정분도 생길 수 있겠지. 그렇지만 그렇게 유별나서야 속 터져 살겠니. 그게 어디 제 정신이냐? 형님이 조실부모하고 커서 네 아버지 처지를 가슴 아파하며 거두었는데 대놓고 평생 딴 년을 품고 살았으니."

"어허, 이 사람이…… 들어서 가슴 아플 얘기를 왜 자꾸 해? 자경이 속이 좋겠어? 쯧."

아저씨가 아주머니에게 지청구를 주었다.

*

자경은 외조부모를 본 적이 없다. 엄마가 간직하고 있는 몇 장의 사진과 얘기를 통해서만 알 뿐이다. 사진 속의 젊은 외할

아버지는 거친 뱃일을 하는 사람 같지 않게 선이 섬세하고 자태가 좋았다. 엄마는 말했다.

'외할아버지 인물이 좀 좋으시니. 내가 어릴 때 외할머니가 하신 말씀이 기억나는구나. 두 양반 혼담이 무르익어 외할아버지가 외할머니를 보러 왔다는구나. 그 시절에는 남녀 간이 유별했는데 색시가 열려진 봉창 문 앞에 다소곳이 앉아 있으면 신랑이 지나가면서 슬쩍 곁눈질해 본단다. 그러니 봤다고 해도 어디 제대로 봤겠니. 다 형식이지. 이미 혼담이야 어른들 선에서 끝나 버린 걸. 그때 외할머니도 살짝 고개 들어 신랑자리를 봤는데 인물이 참 좋더란다. 한동안 가슴이 할랑거려 그 해 봄날을 어찌 보냈는지도 모르셨단다. 왜 아니었겠니. 열아홉 처녀 가슴에 들어온 연정이었는데.'

그 말을 할 때의 엄마는 꿈을 꾸는 듯 했다. 외조부모를 말하지만 자신의 얘기를 하고 있는 것 같았다. 어쩌면 예전 아버지를 만났을 때를 그리워했던 건지 모르겠다.

외할아버지가 사망하고 부부의 인연이 멈춘 것처럼, 열 살이었던 엄마에게서도 부모 자식 간 인연은 쓸쓸히 멈추었다. 외증조할아버지는 혼자 지내던 며느리 등을 떠밀어 보냈다. 엄마가 열두 살 때였다. 어린 엄마는 떠나버린 어미가 그리우면 허드레 물건을 두는 골방으로 들어가 소리 죽여 흐느낄 때가 많았다.

'네 아버지를 만났을 때 처녀 총각이니 남녀 간 정이야 당연했지만, 난 아버지가 안쓰러웠구나. 고향 부모형제 잃고 사는 아버지 아픔이 남 같지 않았단다. 나는 고향도 있고 친척이라도 있지만 아버지야 어디 비빌 데가 없잖니. 측은하고 안쓰러웠단다. 비빌 언덕을 만들어 주고 싶다는 마음이 간절했단다. 그리고…… 나도 의지할 사람이 필요했고. 친척들이 잘 대해줘도 어디 제 식구만 했겠니.'

엄마에게 부모의 부재는 오랜 세월 껴안았던 결핍이었다. 조부모가 있어 정을 건넸어도 부모라는 온전함에는 미치지 못 했다. 그건 간신히 시장기를 면하고 돌아섰지만 금세 헛헛해지는 허기 같았을 것이다. 그 결핍을 아버지에게서 채우려했지만 오히려 텅 빈 쭉정이가 된 허함이었을 테다.

자경은 남편과 자신의 관계를 떠올렸다. 지금까지 남편과 함께 한 시간들도 엄마가 가졌던 허기 같지 않았을까.

*

아주머니가 또 아버지를 탓했다.

"자경 아버지가 중국만 갔다 오지 않았어도."

"이 사람아, 모르는 소리 하지 마. 형님이 오히려 중국 갔다 와서 마음잡았던 거라고. 어떻게 돈줄도 대고 연줄이 닿아서 장전 여자를 잠깐 만났는데 차라리 안 만나느니만 못했다고 나중에 날 붙잡고 어찌나 섧게 우는지. 그 양반이 어디 말수나 많길 했어, 목소리 한 번을 높이길 했어. 감정이라고는 통 드러내지 않던 양반이 목을 놓아 우는데. 쯧."

"왜요? 그렇게도 만나고 싶어서 자기 마누라 평생 가슴에 못 박아 놓고선. 중국 갈 때 형님이 얼마나 말렸는데. 다 죽어가는 마누라 모질게 뿌리치고 갔다 오더니. 당신도 봤잖아요. 그때 형님 몰골이 사람이었수."

아주머니의 말에 아저씨는 잠시 말을 멈추었다. 그리고 힐끗, 자경을 쳐다보았다. 그 태도에 아주머니가 푸르르하면서 끼어들었다.

"아, 자경이도 알 거 다 아는데 뭘! 새삼스레 쉬쉬할 거 뭐 있어요?"

자경은 아버지가 중국을 다녀온 후에 대해선 듣지 못했던 얘기였다. 부모가 함께 여행을 간다고 해서 동네 친목계원들이 부부동반으로 가는 걸로 여겼다. 그래서 여비에 보태라며 용돈을 보냈고 나중에서야 아버지 혼자 다녀 온 줄을 알았다. 엄마는 허리가 아파서 아무래도 비행기 타는 게 힘들 것 같아 안 갔다는 말을 전화 통화로 말했다. 자경은 그때 엄마의 말을 대수롭지 않게 여겼다. 엄마가 목숨을 끊기 얼마 전이었다.

아버지는 자경이 학교를 다니는 동안 하나 밖에 없는 딸 학예회는 물론 입학식, 졸업식도 와보지 않았다. 그런 사람이 그

먼 길을 단숨에 허위거리며 달려갔다는 것에 가슴이 또 싸늘
해졌다.

"장전 여자도 지금이야 나이가 나이니 죽었을지 모르겠지만,
그 여자가 형님한테 도통 무심하더래. 당신은 평생을 사무쳤는
데 남편과 자식들 얘기만 늘어 놓더라더구만. 사람 살아가는 이
치가 그렇지. 눈에서 멀어지면 마음도 멀어지는 거지."

"당신은 그 얘기를 왜 이제 해요?"

"뭐 좋은 일이라고 떠들어!"

"어이없네. 그럼 돈이랑 물자는 왜 꼬박 꼬박 받아 챙겼대?"

"그 쪽 사람들이야 사는 게 워낙 궁하니 남쪽 사람들 연줄만
닿으면 팔자 피는 거라는 말도 있더구만."

"나쁜 년!"

"아, 욕할 필요 뭐 있어. 형님이 평생을 그리워하고 사무쳤던
거지. 책임지지 못했던 것 때문에."

"자기 마누라한테 진작 그렇게 정을 쏟았으면 좀 좋아. 주지
않아도 될 년한텐 미친 듯이 쏟아대고."

"남의 부부간 일을 당신이 뭘 안다고 그래. 형님이나 형수님
사이에 우리가 모르는 뭔가가 있었겠지."

아저씨의 말이 여운을 남겼다.

*

삼우제도 끝났다.

장례 뒤끝은 손 봐야 할 잔일들이 꽤 있었다. 아버지가 사용
했던 생활용품이며 옷가지라든가 살림 집기들도 얼추 정리해
야 했다. 집은 처분할 생각이었다. 자경이 이곳에서 살지 않을
테니 계속 집을 비워둘 수는 없고, 아버지가 몇 십 년을 기대어
살았던 자체만으로 돌아보고 싶지 않았다. 집을 매물로 내놓으
면서 급하게 정리하는 것보다 조금씩 천천히 해두는 게 나을 터
였다. 우선 오늘은 대강 하고 다음에 날을 잡아 와서 제대로 하
리라 마음먹었다.

그런데 명치 쪽이 답답했다. 발인 날부터 그랬다. 체한 것처
럼 속이 묵직하면서 자꾸 신트림이 올라오며 메슥거리기도 했
다. 이러다 말겠지 했는데 증세가 심해졌다. 엊저녁부터 밥을
제대로 먹지 못 했다. 아무래도 약을 먹어야겠다 싶어 자경은
약국에 가기 위해 집을 나섰다.

약국에서 돌아왔을 때 아저씨가 집으로 들어섰다.

"집 문제는 어찌 할래?"

"염치없지만 당분간 아저씨께서 봐 주셨으면 하는데요."

"그래라. 그런데 요즘 부동산 경기가 좋지 않아 사겠다는 사
람이 쉬 나타날는지 모르겠다. 장서방과 의논해서 시세를 알아
보고 연락하거라. 그러면 내가 부동산에 내 놓으면 될 테니까.

그동안 집은 내가 오며 가며 둘러보마. 오늘 갈래?"

"예, 오후에 출발하려고요."

"부두에 나가서 물 좋은 생선 좀 골라 놓을 테니까 갖고 가거라. 너도 그렇고 장서방도 회를 좋아하던데."

문지방을 넘어 서는 아저씨 발길이 바빴다. 문득 코끝이 시큰했다. 누군가 마음을 써주는 것만으로 추운 날 불길 앞에서 몸을 데우듯 따뜻했다. 자경은 자신의 그런 감정이 씁쓸했다. 일상 속에서 짙게 드리웠던 외로움으로, 타인의 사소한 챙김에도 이토록 여려지는 건가 싶었다.

남편에게 전화를 했다. 벨이 한참 울려서야 전화를 받는 남편의 목소리가 메마르다. 제대로 통화를 하기 전인데도 끝내고 싶은 기척이 전해졌다. 오후에 출발할 거라는 말을 하자 남편은 알겠어, 라는 단답형의 한마디만 하고 끊어버렸다. 띠릭! 일방적인 통화 종료음에 먹먹함이 차올랐다. 손 뻗어 닿고 싶은데 그럴수록 한 발 뒤로 밀리는 상대방을 대하는 느낌이었다.

자경은 방문 너머 마룻바닥에 멀건히 눈길을 두었다. 바닥은 세월의 때가 겹져서 제 색을 잃고 거뭇했다. 그 때문인지 집안이 우중충했다. 불쑥, 저 바닥을 뜯어내고 새 마루 널을 깔면 어떨까 싶었다. 그러면 집이 환해질까, 라는 생각을 하다가 처분하려는 마당에 실없어져서 이내 지웠다.

서둘러 일어났다. 반나절 남짓은 얼마 되지 않는 시간이었다. 조금이라도 더 정리하려면 얼른 움직여야 했다. 그러나 직접 하던 살림이 아니어서 막상 어디부터 손을 대야 할지 쉽지 않았다.

우선 안방으로 왔다. 화장대 위에 아버지가 챙겨놓은 서류봉투가 있었다. 아저씨가 건네준 걸 대강 들춰보고 그대로 둔 거였다. 봉투를 가방 안에 챙겨 넣었다.

*

자경은 화장대의 여닫이로 된 작은 서랍을 하나하나 열었다. 작은 공구들, 손톱깎이, 먹다 남은 알약들, 어느 연락처가 적힌 쪽지들, 편지봉투, 몇 개의 볼펜들, 접지선이 못쓰게 된 콘센트, 다방 상호가 찍힌 라이터 등이 잡다하게 들어 있었다. 지난 시간 아버지 일상의 흔적들이 헐거우면서도 빼곡했다.

사람의 삶도 이렇게 서랍의 칸칸 같을까. 서랍 안처럼 각기 감추어진 내면도 들여다볼 수 있을까. 그러면 비슷비슷한 아픔이거나 슬픔 혹은 기쁨이 들어 있는 걸 확연히 보게 될까. 자경은 서랍 손잡이를 잡은 채 그것들을 잠시 내려다봤다.

맨 밑 서랍을 열었다. 다른 서랍보다 공간이 많이 깊었다. 안에는 연분홍빛 보자기에 싼 뭔가가 있었다. 꼭꼭 여며서 매듭이 잘 풀리지 않았다. 겨우 풀린 속에는 꽤 큰 상자가 있는데 한

지로 곱게 채색되어 있었다. 열어보니 엄마의 유골이 담긴 작은 통이 있었다. 뜻밖이었다. 어딘가에 뿌리거나 봉안하지 않고 직접 간직했던 아버지의 심정을 헤아리기 어렵다.

그 옆에는 몇 개의 수첩이 놓여 있었다. 펴보니 몇 년에 걸친 한 해마다의 가계 수입과 지출에 관한 내용이며 일상의 대소사에 관한 기록들이었다.

그리고 선홍색 한지로 싼 뭉치 두 개가 더 있었다. 부피가 작은 걸 먼저 풀었다. 사람 온기가 전해지지 않아 검푸르게 변한 은반지 두 개와 조그만 손거울과 빗이었다. 거울은 테두리가 많이 닳아 양각 무늬가 거의 보이지 않았다. 뿌옇게 된 표면은 닦아도 명징함을 드러낼 것 같지 않았다. 빗도 군데군데 빗살이 떨어져 나갔다.

반지는 부모의 결혼예물이었고 빗과 거울은 엄마의 유품이었다. 오래전에 엄마는 어린 자경의 머리를 빗기며 거울과 빗을 내보였다. 아버지가 어딜 갔다가 엄마를 주기 위해 사 온 거라고 했다. 그걸 경이로운 물건인양 자랑하던 젊은 엄마의 눈매가 설렘으로 발그레했었다.

또 하나의 뭉치에는 노트 한 권과 누렇게 탈색된 흑백사진 두 장이 있었다. 노트는 16절 갱지를 여러 장 포갠 후 겉에 두꺼운 검은 표지를 덧대었다. 그런 걸로 봐서 오래전 물건인 듯 했다. 겉장을 넘기자 낯익은 엄마의 동글한 글씨가 또박또박 적혀있었다. 거기에 이어 쓴 글이 또 있었다. 끝 획을 시원스레 내리 긋는 아버지 특유의 글씨였다. 엄마가 먼저 썼던 걸 나중에 아버지가 사용한 것 같았다. 읽어볼까 하다가 내용이 길 것 같아 일단 덮어두고 사진을 집어 들었다.

사진은 오래 되어서 군데군데 균열이 가 있었다. 사진 속 인물들은 젊었던 부모였다. 한 장은 사진관에서 찍었는데 오른쪽 밑에 약혼기념이라는 흘림체 글씨가 있었다. 아버지는 사진 찍히는 것에 다소 경직된 표정이고, 엄마는 고데기로 부풀린 머리를 하고 수줍게 웃고 있었다.

또 한 장은 부모가 어느 폭포 앞에서 함께 찍은 거였다. 당시 유행했을 통 좁은 양복바지와 치마 길이가 무릎까지 오는 한복을 입고 있었다. 앞서의 사진에 적혀 있는 날짜와 같은 걸 보니 아마 기념여행을 간 듯싶었다. 아버지와 엄마 사이에 따뜻함이 흘렀는데 자경이 지금까지 보지 못 했던 다정한 모습이었다. 늘 데면했던 아버지와 수심 가득했던 엄마는 어디에도 없었다. 자경은 그런 부모가 생경했다.

방으로 비쳐드는 햇살이 사진 위에서 신기루처럼 흔들렸다. 보고 있자니 색 바랜 슬픔이 목을 밀며 올라왔다. 오랫동안 유폐된 무덤을 열고 있는 것 같아서였다. 왠지 두 사람만의 은밀한 속살을 대하는 느낌이었다. 불현듯 부모에 대해 알고 있다고 여긴 것들이 다가 아닐 수 있겠구나, 라는 난감함이 들었다.

자경은 서둘러 노트와 사진을 상자에 담았다.

그리고 함께 있던 또 다른 상자를 열었다. 안에는 자경이 어릴 때부터 타 온 상장들이 차곡차곡 정리되어 있었다. 밑에는 언제 어느 때 어떤 경위로 수상했다는 아버지의 글씨 메모도 덧붙어 있었다. 도내 사생대회에서 수상했던 상장과 그림은 표구까지 되어 있었다. 자경도 잊고 지냈던 그림들을 몇 십 년이 흐른 지금까지 아버지가 보관했다는 사실이 당혹스럽다. 방심하고 있는 사이 누가 거칠게 몸을 치는 것 같았다.

표구를 한 그림의 중심에는 집 마당에서 바라보이는 바다가 있었다. 거친 물결이 파랑을 지으며 밑바닥까지 뒤집어질 것 같은 검푸른 바다였다. 왼쪽에 그려 넣은 산등성이의 등대는 거뭇한 색을 칠했고, 오른쪽에는 해당화덤불을 그렸다. 그 안에 한 여자가 작은 모습으로 덤불에 칭칭 감겨 있었다. 여자에게서 멀찍이 떨어져 걷잡을 수 없이 불안한 바다를 바라보며 등을 보인 한 남자도 있었는데 온통 짙은 보라색이었다. 그림에서 배어나오는 정서는 우울했다. 초등학생의 동심이 표현할 구성이나 색채감이 아니었다.

몇 십 년이 흐른 그림 속의 여자는 여전히 작았고 남자는 등을 보이고 서 있었다. 그런데 오랜 세월의 자정 때문인가. 자정은 그림을 보며 날 서 있던 것들이 뭉툭해졌는지, 괴리된 간격의 공백에 어떤 여지 같은 감정이 슬며시 들어찼다. 그간 부모를 향했던 모진 회의와 원망 대신 어쩔 수 없었지 않았을까, 하는 일말의 이해 같은 합리화였다.

자경은 그림의 표면을 손으로 가만히 쓸었다. 유리면의 차가운 단절감이 손바닥에 전해졌다. 어쩌면 부모의 지난 세월도 이렇듯 황막했겠구나 싶어지며 쓸쓸했다. 서로 가닿지 못 했던 안타까움이 전해졌다.

자경은 뇌이듯 부모를 불러 보았다.

엄마! 아버지!

들릴 듯 말 듯 한 그 뇌임에 어떤 기적이 감지되었다. 자경의 가슴 한 구석에 화석으로 박혀있던 상흔의 껍질이 갈라지며 무언가 꿈틀거렸다. 풀어질 수 없이 똘똘 말려있던 웅크림에서 벗어나려는 새 한 마리였다.

새는 깃을 치며 날개를 펴더니 서서히 날갯짓을 시작했다. 펄럭, 펄럭 점점 힘차지며 속도가 붙었다. 그리고 날개를 활짝 벌린다 싶은 순간 거대한 폭으로 자경을 덮쳤다. 그와 함께 부모의 묻혀있던 흔적들이 커다란 흔들림으로 막아섰다. 자경은 드리워진 막을 젖히듯 다급히 팔을 휘저어 새가 덮은 날개를 걷어냈다. 그러자 비에 씻겨 투명해진 대기처럼 부모의 지난 시간들을 향한 애틋함이 번져 나왔다.

아까 쌌던 상자를 다시 풀었다. 부모가 이어 쓴 노트를 꺼내 첫 장을 넘겼다.

*

오늘 자경이가 취직한 직장으로 가기 위해 집을 떠났어요. 버스를 보내고 터벅터벅 걸어서 집으로 오는데 걷잡을 수 없이 눈물이 흘렀어요. 그리도 대학을 가고 싶어 했는데도 부모가 무능해서 포기해야 하는 자식의 좌절과, 아직 어린데 타지로 가서 홀로 지내며 돈을 벌어야 한다는 게 가슴 아팠어요. 그런 사실들은 부모인 우리의 생이 끝날 때까지 아픔으로 남아 있겠지요.

당신과의 지난날을 돌아보니 꿈결인 듯 아스라해요. 우리에게 모진 세월의 때가 더께 앉으며, 그 속에서 스러진 날들이 참 덧없네요. 가끔 그런 생각이 들어요. 당신과 나는 왜 단단히 서 있지 못 하고 어딘가를 하염없이 떠돌고 있는가 하고요. 그 때문에 우리의 자식이 추워 떨면서 흔들리는데도 어리석게 여전히 허우적대고 있네요.

당신을 처음 만나던 그 시절에는 당신처럼 북에 고향을 두고 가지 못한 사람들이 많았어요. 언제부턴가 동네에서 오가는 낯선 당신을 보게 됐어요. 집안 어른들이 하는 말을 들었어요. 막 살아 온 사람은 아닌 것 같다면서 배움도 있고 진중하다고요. 그런 말을 들어서인지 잠깐 잠깐 스쳤을 뿐이지만, 그동안 보아왔던 사람들과는 다른 게 당신에게서 보였지요.

사월이 끝자락을 보이면서 오월로 넘어 가고 있었어요. 나는 그날 안골에 있는 샘물을 길어 머리에 이고 집으로 이어진 언덕 길을 오르던 중이었어요. 친정집은 대문 없이 바로 마당이어서 울타리 삼아 심어놓은 해당화덤불이 무성했어요.

당신은 길에 쭈그리고 앉아 해당화덤불을 뚫어지게 보고 있었어요. 어찌나 진지하던지 길이 비좁았는데도 비켜달라는 말을 할 수 없었어요. 얼마를 기다리다 물동이 무게에 목이 눌려할 수 없이 기척을 냈어요. 그제야 당신이 고개 돌려 나를 쳐다봤어요. 생각나지요?

황황히 일어나던 당신 모습은 지금도 눈에 선해요. 학생처럼 머리를 짧게 자른 얼굴이 보기 좋게 붉었어요. 훗날 당신은 그랬어요. 얼굴이 붉어진 게 아니라 넘어가는 저녁 해가 비쳤을 뿐이라고요. 당신은 그 말을 하면서 또 귀 밑까지 붉어졌어요. 그 후 우리는 우연히 자주 얼굴을 보게 됐어요. 만나는 횟수가 더해질 때마다 친정집 마당의 해당화는 잎이 푸르러졌어요. 꽃 봉오리가 맺히고 선홍빛 꽃잎을 한껏 펼쳐놓았어요.

다음 해에 우리는 가약을 맺었지요. 친정식구들은 당신이 나이가 많고 부모형제 없이 이북 출신이라는 게 걸린다면서도 결혼을 허락했어요. 자경이를 낳은 이 년 후에 우리는 소박하지만 친정집처럼 마당에 해당화가 무성한 이 집을 마련했지요. 유달리 해당화를 좋아하는 당신이 고른 집이었어요.

나는 여름날 아침이면 밤새 내린 이슬을 머금어 함초롬해진 꽃을 화병에 담아 화장대에 놓았어요. 당신에게 많이 보여주고 싶어서요. 그때만 해도 당신 가슴에 자리 잡고 있는 그림자를 보지 못했으니까요.

자경이가 네 살 되던 늦여름이었어요. 둘째 아이가 들어섰지요. 해당화 덤불 앞에서 입덧을 하느라 헛구역질을 하는 나를 본 당신은 잔인하게 얘기했어요.

이북에 혼인을 약속한 사람이 있어. 언제라도 갈 수 있다면 가고 싶어. 그러니 더 이상 아이는 원치 않아!

당신은 나에게 한 말에 대해 전혀 미안해하지 않았어요. 그때 마당에서 보이던 바다는 파도가 수위를 넘으며 철썩거렸어요. 충격을 받고 휘청거리는 내게로 해당화 꽃들이 우하니 몰려와 뒤덮을 것 같았어요. 그날 이후 당신은 한 집에 살면서도 오래도록 일부러 내 곁을 떠나있었어요. 매일매일이 고통이었어요.

이렇게 살면 뭐 하나! 어느 날 마음을 독하게 먹고 지붕을 올랐어요. 제 뱃속에 품은 새끼를 아비 때문에 죽여야 하는 게 기막혔어요. 내 몸뚱어리가 날아 흙바닥에 쳐 박히면 겨우 엄지손가락만한 뱃속 아이는 튕겨나가겠지. 내려다 본 아래는 눈이 휭 돌만큼 두려웠어요. 앞으로 내밀었던 발이 절로 뒤로 밀렸어요.

하지만 언제라도 북쪽 정혼자에게 가기 위해 더 이상 아이를 원치 않는다는 당신의 말이 떠오르자 오기가 생겼어요. 나는 두 팔로 얼굴을 감싸고 마당으로 뛰어내렸어요. 내 몸은 한낱 얇은 종이처럼 팔랑이며 떨어졌어요. 그런 나를 해당화덤불이 잡아챘지요. 내 몸과 뱃속 아이가 해당화 가시에 처참히 찢어지고 말았어요.

그런데 말이예요. 나는 당신을 원망하고 미워하면서도 떠날 수 없었어요. 지붕에서 떨어진 후 한동안 운신을 못 해서 자리에 누워있을 때였지요. 잠결에 이상한 소리가 들렸어요. 방문이 도드란히 흰빛을 내고 있었으니 새벽이었나 봐요. 끼익, 끼익 철판 긁는 것 같은 소리가 들렸어요. 나는 뒷산에서 내려 온 삵이 드럼통 안에 있는 말린 생선을 먹으려고 긁어대는 줄 알았어요. 하지만 가슴을 쥐어짜는 애끓는 소리여서 삵의 기척 같지는 않았어요.

그 소리를 듣다 난 그만 약 기운에 취해 다시 잠이 들었어요. 비몽사몽 중에 어떤 선뜻한 이물감에 또 잠이 깼어요. 어둠 속에서 누가 내 얼굴을 어루만지고 있었어요. 울고있는 당신이었어요. 손길에서 애련함이 뭉클했던 당신 말이 아팠어요.

안다! 내가 안고 있는 그림자가 허망하다는 걸 안다. 그렇지만 자경 엄마 자네는 아니네. 자네는 그림자가 아니네. 오히려 나 같아서 당연히 나인 줄 알았네!

당신의 굵은 눈물이 얼굴에 떨어져 마치 내가 운 듯 젖었어요. 나는 당신을 밀어낼 수 없었어요. 당신이 품고 있는 허망한 그림자에 휘둘리며 아팠지만 곁에 있어야 했어요. 횟빛 재처럼 사그라져도 그래야 했어요.

하지만 역시 어쩔 수 없다는 절망이 수시로 내 목을 조여요. 당신은 여전히······.

*

여보게.

이제 자네는 영영 내 곁에 없네. 그 사실이 믿어지지 않아서 나는 나락 같은 슬픔을 감당하고 있다네. 꿈에라도 나타나면 좋으련만 영 보이질 않네. 어떤 때는 자네가 보고 싶어 일부러 잠을 자기도 했지만 소용없었네. 얼마나 맺힌 게 많으면 이토록이나 애태우는데도 한 번 나타나질 않네.

내가 더 이상 장전으로 가지 못 한다고 여길 때부터 꿈에서 그 사람을 봐왔네. 예전처럼 하얀 세일러복에 갈래머리를 한 그 모습으로 말일세. 우리는 함께 고향 바닷가를 걷고 있었지. 유월의 해풍이 그 사람의 머릿결을 간혹 흔들곤 했다네. 그럴 때마다 입이며 코에 와 닿는 머리칼을 귀 뒤로 넘기는 그 사람의 손이 햇살 아래 예뻤다네.

바닷물과 민물이 만나는 곳에 방죽이 있었네. 그 밑으로는 해당화덤불이 있었네. 나는 그 사람을 내 교모 위에 앉게 하고 그곳으로 내려가 해당화 꽃을 따 왔다네. 벼랑에 핀 꽃을 어여쁜 수로부인에게 따다 바친 옛사람의 헌화가 그보다 더 할 텐가. 한 무더기 꽃을 받고 웃는 그 사람 입매가 해당화보다 고왔네. 그렇게 꿈속은 늘 생시 같았네.

그 사람과 나는 양가에서 일찌감치 정혼 말이 오갔었네. 우리는 당연히 결혼할 거라 여기면서 자랐네. 어른들은 그 사람이 여학교를 마치는 명년에 식을 올려주자고 하셨네. 그때 나는 서울에 있는 대학교에 다니고 있었는데 시국이 뒤숭숭했네. 이남에서는 이승만 정권이 들썩거리고 이북에서는 남로당과 북로당이 이념 대립을 하고 있을 때였네.

방학을 앞둔 주말에 나는 그 사람을 보려고 고향을 찾았네. 우리는 늦은 저녁에 방죽에서 만났네. 아무리 정혼 말이 오간다 해도 청춘남녀가 자주 만나는 건 어른들 보기 민망했네만 어쩌겠나. 서로를 향한 연정이 곡진한데. 방죽 밑에서 어깨를 맞대고 바다에서 철썩거리는 파도 소리를 듣고 있었지. 그러다 우리는 밀려드는 연정을 어쩌지 못 해 서로에게 스며들었네.

그 사람이 흐트러진 옷매무새를 추스른 후 말했네. 그때 밤의 대기를 흐르던 알싸한 해당화 냄새가 났던 걸 지금도 선명히 기억하네.

나는 그대 밖에 없어요. 우리는 곧 같이 살게 되겠지요. 만일…… 그대가 혹여 나를 챙기지 못한다 해도 나는 그대만 생각하고 살아갈 거예요.

말을 하며 옆에 있던 해당화덤불의 꽃잎을 어루만지는 손길이 불안해 보였네. 나는 그 사람을 달래려고 온 마음을 다해 따뜻이 안아주었네. 그건 곧 내가 그 사람에게 건네야 할 책임의 징표이기도 했네.

어두운 밤하늘에 별들이 무리지어 흘렀네. 그 사람의 흘러내린 머리칼을 쓸어 넘겨주는 내 손길에도 별들이 담뿍 담겨 감쌌네. 그때의 나는 당연히 그 사람과 한 약조를 지킬 수 있다고 생각했네.

그러나 세상이 어디 뜻한 대로 살아지던가. 우려했던 전쟁이 일어나고 말았네. 나는 남한 측의 징집대상이 되어 부모형제와 그 사람을 보지 못 하고 전쟁터로 갈 수밖에 없었네. 3년을 끌던 참혹한 전쟁이 일단 멈추면서 삼팔선이 그어졌네.

나는 전쟁의 포화 속에서 살아남았지만, 부모형제와 정혼자가 기다릴 장전을 다시는 갈 수 없었네. 그 후 이남 이곳저곳을 많이 떠돌아 다녔다네. 혹시라도 가족과 그 사람이 피난 와서 애타게 찾을지 모른다는 한 가닥 희망 때문에 말일세.

하지만 십여 년을 떠돌이로 흘러 다니며 수소문했지만 만날 수 없었네. 그러다 장전과 가장 가깝고 지형이 흡사한 이곳 거진을 찾아들었네. 북으로 가는 길이 다시 열린다면 한달음에 달려가고 싶어서였네. 그래서 팔자에도 없는 뱃사람이 되었고, 자네를 만나 자경이를 낳고 살아왔네.

나는 돌아 갈 수 있다는 허망한 꿈을 꾸면서 살았지만 돌아갈 수 없다는 걸 잘 알고 있었네. 그랬기에 그리운 부모형제와 정혼자의 생사도 알 수 없는 막막함이 아팠네. 그 사람과의 약조를 지키지 못한 부채감이 아프고 무거웠네. 그보다 힘들었던 건 지키지 못 할 약조를 지키느라 괜한 처자식만 가슴 아프게 했다는 걸세.

자경이가 초등학교에 들어가던 해였네. 바다에서 조업을 하던 중인데 멀지 않은 곳에 있던 배들이 아차하는 순간 군사분계선을 넘었고 이북으로 끌려가는 걸 보았네. 내가 탄 배는 우리 측 함정 쪽에 있었지. 그때 나는 아주 몹쓸 생각을 했네. 나도 저들처럼 끌려갈 수 있다면 그리운 사람들을 만날 수 있을텐데. 자네와 자경이 생각은 나지 않고 오로지 부모 형제와 그 사람만 생각났네.

자네나 자경이한테 그보다 큰 죄가 어디 있을까. 특히 자경이한테는 씻지 못할 죄인이네. 그것이 무슨 죄가 있다고 그리도 야멸치게 대했는지. 내 알지. 자경이가 아비 정을 받지 못해 아파했던 걸.

제 자식 귀하고 예쁘지 않을 부모가 어디 있겠나. 그런데도 버거운 짐짝으로 여겼네. 저 아이가 내 발목에 족쇄를 채우는구나, 이제 꼼짝할 수 없겠구나, 부모형제와 그 사람에게 갈 수 없겠구나, 어떤 땐 아이가 원망스러웠네. 그런 내가 어디 아비이며 인간인가. 자네 죽고 나서 자경이가 발걸음을 하지 않은 건 당연하네. 나라도 그런 아비 보고 싶지 않을 걸세.

여보게.

내 우매함으로 자경이 밑으로 생겼던 아이는 세상 밖으로 나와 보지도 못했네. 자네가 수태한 걸 알고 나는 오래도록 자네 곁에 가지 않았네. 자경이 하나만으로도 무거운데 또 하나의 짐이 얹힌다면 영영 장전을 갈 수 없을 것 같았네.

냉랭한 내 태도에 자네는 뱃속에 있는 아이를 없애려고 지붕에 올라가서 떨어졌네. 죽을 각오를 하고 굴렀는데 뱃속 아이만 떨어지고 자네는 다행히 무사했지. 한동안 병원 신세를 지고 나중에도 후유증으로 많이 고생했네만.

남들은 그랬다네. 여자가 지붕에 올라갈 일이 뭐 있냐고. 한창 산아제한을 권장하던 때라 낙태를 하는 건 보건소만 가도 해결할 수 있었네. 그런데도 굳이 지붕을 올라 간 건 그렇게 해서 나에게 복수하고 싶었던가 보이. 그러니 제 속에 품은 새끼를 아비의 박대에 못 이겨 죽인 어미 원한이 얼마나 깊었겠나.

자경이가 아직 아이를 갖지 못하고 있지 않나. 자네에게 가했던 내 횡포가 결국은 자식에게로 향해 눈을 찌르는구나 싶네. 새끼를 뱃속에 품고도 죽자고 일부러 떼어낸 자네와, 뱃속에 품고 싶어도 품을 수 없는 자경이 처지가 비수가 되어 나를 향했네. 시퍼렇게 벼린 칼날을 두 손으로 잡고 있는 심정이라면 이해하겠는가?

자네를 만난 때가 내 나이 서른다섯이었네. 열 살이나 많은 나를 만나 평생 가슴앓이 하면서 살아온 자네 인생이 참으로 고단하고 가엾기만 하네.

자네는 내가 자네를 마음에 들여 놓지 않았다지만 그건 오해였네. 사실 나는 자네를 만나기 전까진 혼인엔 관심이 없었네. 장전에 있는 사람 외엔 아무도 내 가슴에 들어오리라곤 생각도 못했네. 하지만 자네를 만난 후로 그동안 지녔던 생각들이 허물어졌네. 일부러 자네가 자주 다니는 길목에 서있을 만치 매일매일이 자네로 가득 차있었네. 그렇듯 이미 가슴으로 들어와 버린 자네를 밀어낼 자신이 없었네.

자네는 귀밑머리 풀고 자식까지 낳아 기른 사람이었고 내 몸 일부 같은 사람이었네. 어느 누군들 자신 몸의 일부를 따로 떼어서 생각할 수 있겠나. 장전에 있는 사람이야 같이 할 수 없고 약조를 지키지 못해 아프고 안타까운 마음이었지. 물론 젊은 날은 연정이었을 테지만 세월 따라 무상해지더이. 단지 지나간 시절에 대한 안타까움과 아쉬움이었네. 한 때 곡진했던 내 연정이 허망하게 스러지는 게 아파서 애써 끈을 붙잡으려 했던 거지.

그리고 나중에 알게 된 부모형제 소식에 더 절망스러웠네. 그동안은 혹시나 만날 날을 기약하며 한 가닥 희망이라도 있었 지만 영 글렀다는 좌절감이었네. 그 사람 소식을 알고 돈과 물 자를 보내 준 것도 사는 게 딱해서였지만, 실상은 억울하게 잃 어버린 가족과 내 젊은 날에 대한 보상이었네. 그 사람을 향했 다기보다 나 스스로의 위안이었네.

아주 많은 시간이 흘러 그 사람을 만났네. 그도 다른 남정네 와 혼인했을 거라 생각하긴 했네. 그게 당연한 거지. 그래도 가 슴에 조금은 나를 담고 있을 줄 알았네. 아니었네. 이미 오래전 에 나를 밀어냈더구만. 흐르는 세월같이 말일세.

한 세상 살아가는 건 참으로 알 수 없다는 걸 이제야 알았네. 변하지 않는 건 없다는 것도 말일세. 그걸 깨닫지 못하고 속절 없는 미망에 휘둘려 왔던 내 우매가 부끄럽고도 부끄럽네.

여보게.

열린 들창문으로 보이는 저녁 빈 하늘의 낙조는 어찌 저리 도 쓸쓸한가……

*

엄마의 글은 자경이 고등학교를 마치고 서울로 취직이 돼서 가던 날 쓴 거였으니 삼십년 전이었다. 어린 딸을 객지로 보낸 것에 미안하고 슬펐던 심정과 아버지를 향한 지독한 애증이 고스란히 전해졌다. 아버지의 글은 엄마가 죽고 난 후 썼는데 글 속에 도저히 들어낼 수 없는 참담한 회한이 가득했다.

지난 시간동안 부모가 껴안았던 크나 큰 멍울이 자경의 앞을 거칠게 막아섰다. 그와 함께 우욱! 뜬금없이 걷잡을 수 없는 헛구역이 올라왔다. 눈앞이 노래지며 속에서 커다란 덩어리가 쿡쿡 치밀었다. 미완으로 끝났던 수차례의 입덧 같은 욕지기가 달려들었다.

자경은 신발도 채 신지 못하고 마당으로 뛰어 나와 해당화 덤불 앞에서 웩웩거렸다. 구역질을 하느라 배가 있는 대로 말렸고, 눈물 콧물이 범벅되어 입안으로 흘러들었다. 눈물이 어려 사물이 제대로 담기지 않는 눈에 선홍색 해당화가 어룽댔다. 그리고 너무 어려서 기억에도 없는 한 장면이 지금인 듯 불쑥 다가들었다. 아이를 배고 입덧을 하느라 해당화덤불 앞에서 헛구역을 쏟아내던 젊은 엄마의 모습이었다.

그때의 엄마도 이 앞에서 이랬을까. 고통스러우면서도 뭔가가 채워지려는 포만감이 이랬을까. 그런 생각이 들자 자경의 젖가슴이 실제인 듯 찌르르하며 멍울진 것처럼 딴딴해졌다. 아이가 배고파 젖을 찾을 즈음 어미가 갖는 기척이 이럴 것인가, 고여 있는 흰 유즙이 금방이라도 분출될 것처럼 젖가슴이 근질거렸다. 옷을 훌렁훌렁 벗어던지고 찰진 점토를 만지듯 젖가슴을 주무르고 싶었다. 살뜰히 주물러서 뽀얀 젖을 아이의 입에 콸콸 넘겨주면, 대차게 젖을 빨아대는 힘을 느끼고 싶었다.

그러나 그 향망은 실현 가능할 수 없는 일이었다. 채울 길 없는 허망함이었고 공기가 빠져버린 흐늘한 빈 풍선 껍데기였다. 새삼 확인되는 그 사실에 자경은 그만 땅바닥에 다리를 뻗고 주저앉아 버렸다. 모든 상황이 이미 종료되었음에도 여전히 끈을 놓지 못 하고 질척이는 것 같아 어이없었다. 그걸 감추려 옷자락을 끌어당겨 흘러내린 눈물콧물을 일부러 벅벅 닦아냈다.

몸을 비틀리게 하던 갑작스러운 구토기는 조금 전보다 덜해졌다. 어룽대던 해당화덤불도 제대로 보였다. 덤불은 지난 장맛비에 흙이 파여 뿌리 쪽이 많이 드러나 있었다. 아버지는 해마다 장마가 끝나면 파인 덤불에 흙을 메꾸어 손을 보았다. 지극한 정성을 다하는 아버지만의 연례행사였다.

오래전 뜨거운 볕 아래서 죽자 사자 해당화 뿌리를 파 뒤집으려 했던 젊은 엄마의 모습이 겹쳤다. 그때의 엄마는 미처 알지 못했던 게 아니었을까. 해당화 꽃이야 해마다 달리 피고 지지만 줄기와 뿌리는 본질인 것을. 그처럼 아버지 가슴을 지탱하고 있었던 건 줄기와 뿌리였으며, 스치는 바람결에도 하르르 흔들리는 선홍색 홑꽃잎이 아니라는 걸.

엄마를 향한 아버지의 진정이 제발 그랬길 바라는 간절한 기구가 자경의 내면에서 자욱이 피어올랐다. 해당화의 알싸한 향기가 코에 짙게 스몄다. 가슴 안까지 밀려들어 요동치며 휘돌았다. 그간 한껏 내뱉지 못했던 자경의 울음과 지난 날 부모의 울음이 꽃향에 뒤섞여 봇물처럼 터져 나왔다.

해당화꽃들이 거기에 휩쓸려 무덤에 갇히듯, 뚝뚝 떨어져 내렸다. 범람하는 회한의 울음 속에서 선연하도록.

11월, 블루스

11월이 끝나 가요.

아침부터 늦가을 비가 추적이며 내리고 있어요. 이 비가 끝나면 곧 겨울이 다가설 테죠. 식구들이 직장으로 학교로 나가면서 부려 놓은 흔적으로 집안은 어수선했어요. 눈길은 그 흔적들을 정리해야 한다면서도 손길은 선뜻 움직이고 싶지 않아요.

휴대전화가 울리네요. 어머니예요. 전화기를 타고 흘러나오는 목소리가 우왕좌왕하고 있어요.

"왜 그러세요?"

"정균이가 지금 경찰서에 있어! 죽겠다고 칼을 휘두르다 말리던 민호 어미 옆구리를 스쳤단다. 다행히 큰 탈은 없다만 너좀 와봐야겠다. 아이구 내 팔자야!"

나는 한숨이 나왔어요. 몇 년째 끌고 있는 동생 부부의 거친 갈등이나 어머니의 푸념이 지겨워서요. 이젠 흉기까지 들고 난리를 치는 남동생이 한심해서 듣고 싶지 않았어요. 신경질적으로 귀에서 전화기를 뗐어요. 어머니의 호출에 경찰서와 병원에 입원한 올케에게 가봐야 하지만 남의 일인 듯 지워버리고 싶었어요.

그러면서 불현듯 잊고 있었던 어떤 약속이 떠오른 것처럼 알 수 없는 낭패감이 들었어요. 서둘러 나가야 한다는 생각에 마음까지 다급해지고요. 나는 세수도 하지 못 한 채 흐트러진 머리칼만 대강 추슬렀어요. 옷장을 열어 한동안 입지 않았던 코트를 꺼내 걸치고 지갑과 전화기만 챙겨 무작정 집을 나섰어요.

하지만 그 약속이 누구와의 약속인지, 정말 그런 약속이 있었는지도 알 수 없다는 것에 먹먹해졌어요. 자동차에 올라타서야 어쩔 수 없이 제시해야 하는 명분처럼 행선지를 떠올렸어요.

운주사雲舟寺.

두 시간을 달려 운주사에 도착하자 빗발은 거의 수그러들었어요. 산문 길 주변은 안개비가 흐르고 울창한 전나무 군락이 곧게 뻗어 있었어요. 비에 젖은 침엽수림의 생나무 냄새가 맑은 날보다 강하게 후각을 자극했고요. 일주문을 들어서자 경내는 인적 하나 없이 비에 젖은 장명등만이 고적했어요. 적광전 전각에 매달린 풍경이 소슬한 산바람에 뎅겅뎅겅 흔들렸고, 석

탑 끝 풍령도 차르릉대며 간간이 울렸어요.

나는 법당 처마 밑 돌계단에 쪼그려 앉았어요. 실가닥처럼 흩날리는 안개비 속에 해체되고 있는 건너편 정자가 눈에 들어왔어요. 이미 반이나 없어진 지붕을 보자 가슴으로 휘웅대는 바람이 들어찼어요. 사찰을 둘러싼 산기슭의 나무 이파리들이 가끔 팔랑대며 날렸어요. 그 기척에 누군가 들어서기를 기다리는 것처럼 내 고개가 자주 일주문으로 향했어요.

무릎 위에 올려놓은 손이 떨어진 기온으로 시렸어요. 왼손 네 번째 손가락에는 짙푸른 사파이어 알이 박힌 반지가 끼어 있어요. 비가 내려 사위에 퍼지는 밝은 빛이 없어서인지 반지 알은 아무 광채도 나지 않았어요.

시린 손을 코트 주머니에 넣자 접힌 쪽지 같은 게 잡혔어요. 꺼내보니 글귀가 있는데 내 글씨체예요. 윗부분에 적힌 연도는 불과 몇 년 전인데 아주 오래전 같은 아득함이 드는 건 왜일까요.

당신을 생각하면 가슴 안에 사월의 봄이 가득 했어요. 그 속에 연두색이 슬몃 내비치는 사과꽃나무 한 그루가 자라는 것 같았어요. 꽃을 손으로 가만히 쓸고 있는 부드러운 충일감이었다면 그 느낌이 어떤 건지 알 수 있겠어요? 당신도 그랬지요. 누군가를 생각하는 것만으로도 환한 웃음이 봄날의 꽃잎처럼 벙그러진다고. 그래서 자신이 순한 나무가 되어 있음을 볼 수 있다고.

누군가에게 건네려다 그러지 못하고 넣어두었나 봐요. 당신이 그 대상이었겠죠. 어디 안정되지 않고 흔들리는 곳에서 쓴 건지 글자들이 공중에서 흔들리는 모빌처럼 기우뚱거리네요.

몇 년 전 11월의 어느 날이었죠. 그날 나는 살고 있는 지역에서 자원봉사자들의 우수 사례가 발표되는 한 강연장에 있었어요. 내 옆자리에 앉아 주관처에서 배포한 인쇄물을 넘기는 당신의 손을 우연히 보게 됐어요. 적당히 큰 손에 긴 손가락이 섬세했고, 흰 반달이 선명한 분홍빛 손톱이 정갈했어요. 문득 뭉근하고 자릿한 온기가 퍼지며 그 손 등에 손을 가만히 얹고 싶은 충동이 일었어요. 버들강아지 같은 솜털이 배시시 일어날 것처럼 내 손가락이 미세하게 움찔거렸어요.

그때 인쇄물에서 시선을 거둔 당신이 나를 보며 말했어요.

혹시 펜을 더 갖고 계시면 잠시 빌릴 수 있을까요?

나는 지레 놀라 움찔거리는 손가락을 얼른 다른 손으로 덮었어요. 마침 내게는 여분의 펜이 있었고 내어주는 내 손길과 받아드는 당신의 손길이 찰나처럼 스쳤어요. 그 순간 창밖의 깊어가는 늦가을 햇살 속에 사진에서나 보던 오로라가 퍼져 내렸어요. 수많은 빛의 미립자가 텅 빈 공간 속으로 들어와 커튼 자락처럼 쏟아지며 눈이 부셨어요. 담황색에 섞인 푸른빛이 아무것도 존재하지 않게 했어요. 그건 분명 환영이었으나 실재한다고 믿고 싶은 거였어요.

그 해가 끝날 무렵 나는 당신을 다시 만났어요. 한 달에 두 번씩 자원봉사를 하고 있는 보육원의 실무자를 따라 관할 기관을 찾았을 때였어요. 당신은 그곳에서 자원봉사단체와 관련한 업무를 맡고 있었어요. 당신과 보육원 실무자가 일처리를 하는 동안 나는 대기 의자에 앉아 기다렸어요.

실무자는 일이 끝나고 당신과의 점심 식사 자리에 나를 동석시켰는데 밥을 먹는 동안 당신과 내 시선이 간간이 마주쳤죠. 그럴 때 당신의 눈빛은 말갛게 고요했어요. 그리고 버릇처럼 가끔 앞 머리칼을 쓸어 넘길 때면 길고 섬세한 손가락이 가벼운 파장처럼 흔들리더군요.

해가 바뀌었어요. 나는 여전히 보육원에서 봉사활동을 했어요. 그곳에서 보육원에 전달할 업무 사항이 있어 들렀던 당신을 또 보게 됐고, 봉사를 끝내고 가는 길에 다른 일행들과 함께 버스정류장까지 당신의 차를 얻어 타기도 했어요. 크지 않은 지방도시라 어떤 때는 대형마트에서 장을 보다 마주쳤고 쇼핑몰이나 식당에서 우연히 보기도 했어요. 그때마다 당신은 혼자거나 직장 동료들과 함께였죠. 나중에 알게 되었어요. 당신이 결혼을 하지 않았다는 걸.

사월의 어느 주말 오후였어요. 누군가에게 선물할 일이 있어 백화점에 들렀는데 엘리베이터에서 당신을 만났어요. 인사를 나누고 헤어질 때 당신은 시간이 괜찮으면 차를 마시겠냐고 했어요.

그날 카페 밖 풍경은 봄날의 햇살이 방만하게 내리고 있었어요. 우린 어색해하며 보육원에 대해 얘기를 나누다 말이 끊기면 햇살을 눈이 시어하는 표정으로 바라보았어요. 그러다 시선이 마주치면 쑥스러워 조용한 웃음을 지었죠.

그 후로 당신과 나는 전화로 가끔 안부를 주고받았고 어찌 시간이 맞으면 함께 식사를 하거나 차도 마셨어요. 당신과의 그런 시간들은 구름이 끼어 흐린 날, 잠시 잠시 드러나는 햇빛처럼 환했어요. 그러면서 내 일상에 설렘이라는 추상이 깃들었어요. 그건 혼곤한 자울거림이었고 대기 속을 흐르는 맑은 바람결이기도 했어요.

당신과 만난 후 두 번째 해가 바뀌고 유월이 되었어요. 남동생의 폭행으로 올케의 코뼈가 눌러 앉아 병원에 입원하는 일이 벌어졌어요. 남동생 부부의 위태로움은 더해 갔어요. 그들은 열렬히 연애를 했지만 결혼을 하고 나자 삐꺽거리더니 걷잡을 수 없이 어그러졌어요. 자잘한 말다툼으로 시작해서 치고받는 몸싸움으로까지 치달았으니까요.

누나, 여자가 있어! 내 인생을 다 걸어도 될 만큼이야. 민호 엄마 좀 설득해 줘. 저 사람만 이혼하겠다면 아무 문제없어!

남동생은 병실에 들어가려는 나를 복도에 세워놓고 절박한 얼굴로 말했어요. 병실 문을 열면 자신이 가한 상해로 전치 4주가 나온 아내가 누워 있는데도 여자 타령을 하는 남동생을 이해할 수 없었어요. 남편은 그런 남동생을 빈정거렸어요.

처남도 딱하네. 사랑이 밥 먹여 준대? 난리를 치면서까지 가정 작파하겠다는 건 뭐야. 철없기는 쯧쯧!

남편은 평범한 사람이예요. 중산층 가정에서 평탄하게 살아왔어요. 일반적인 사람들의 삶의 전형에서 벗어나지 않고 적당히 성실하고 처신하며 살죠. 지금은 부모 대에서 형성한 사업체를 물려받아 운영하고 있어요. 사업체는 규모가 작아도 직원들 급여를 밀려본 적 없고, 가정 경제도 먹고 살만하게 꾸려가고 있어요.

나도 남편과 다르지 않은 패턴 속에서 살아왔어요. 결혼 후에는 다니던 직장을 그만 두었어요. 직장생활과 아이 양육을 병행하지 않아도 되는 경제적 여유가 있었고, 직장 내의 기류가 기혼여성을 원치 않아 자연스럽게 정리했어요. 이제 아이도 크게 손길을 필요로 하지 않을 만큼 자랐고 결혼생활동안 어느

면으로도 심각한 불편함이나 부족함은 없었어요. 내가 속한 가정이라는 테두리 안에서 그 세계가 적절한 형태라고 여기며 살고 있었으니까요.

남동생 부부 일이 있고 얼마 후에 나는 어쩔 수 없이 여자를 만나게 됐어요. 만나서 잘못된 행동이라는 걸 못을 박으라는 어머니의 성화 때문이었어요. 여자는 이십대 중반쯤으로 보였는데 화려한 외양에 당돌하리만치 당당했어요. 그 당당함은 섣부르고 위태로운 열정으로 비쳤어요. 진득하니 숙성되지 못한 날것 그대로의 설은 내이기도 했죠.

나는 마음 같아선 애틋한 눈빛으로 연인을 보고 있는 남동생의 등짝을 후려치고 싶었어요. 그런데 그 표정이 어느 순간 아주 익숙하다고 느껴지는 거예요. 곧 그 느낌이 무엇인지 규정되면서 화들짝 놀라고 말았어요. 당신이었어요. 항시 어깨 가득 무거운 돌을 얹은 것처럼 나를 바라보던 눈빛이었어요.

나는 보이지 말아야 할 치부를 보인 것처럼 당혹스러웠고 비로소 내가 발 딛고 있는 아슬함이 다가들었어요. 당신을 만나는 동안, 남편과 아이와 가정이라는 테두리를 의식하지 못 했어요. 제도와 사회가 인정하는 틀 속의 견고한 모범답안을 고수해야 한다는 걸 미처 인식하지 못 했던 거예요. 제도 바깥의 당신을 향했다는 게 수치스러웠고 손가락질 받을 수 있다는 사실이 두려웠어요.

그날 나는 어떻게 집으로 왔는지도 모르게 허둥거렸던 기억밖에 없어요. 며칠 후에 당신에게 자세한 내용도 없이 그만 만나겠다는 일방적인 말을 쏟아냈어요. 내 말을 듣고 있던 당신의 표정에 짙은 먹감빛이 배어나왔어요. 미동도 없이 어둠이 내려앉는 차창 밖만 내다보는 당신에게서 혼돈이 출렁거렸어요.

그 일이 있고 보육원생들과 무박의 남도기행을 떠나게 되었어요. 해남을 둘러 보길도로의 여정이었는데 자원봉사단체 관할 기관에서 주관하는 연중 행사였어요. 당신도 업무와 관련된 터라 가야만 했어요. 그만 만나야겠다는 말을 한 게 얼마 전인지라 나는 당신 대하기가 껄끄러워서 가고 싶지 않았어요.

하지만 참가 여부는 이미 두 달 전부터 신청이 되어 있던 상태였고, 자원봉사자 한 명이 네 명의 아이들을 인솔해야 하기에 일정을 변경하면 차질이 생길 수밖에 없었어요. 어쩔 수 없이 당신과 나 둘 다 여정에 동참해야 하지만, 당신은 기행 차량에 탑승하지 않았어요.

당신이 타지 않은 차는 어둠 속에서 많은 길 위를 달렸어요. 밤의 고속도로는 항공등을 밝혀놓은 활주로처럼 고즈넉했고 낯선 고장들을 무심히 지나쳤어요. 그러나 당신의 고향을 지날 때는 이정표가 시야에서 사라질 때까지 내 고개가 자꾸 뒤로 젖혀졌어요. 시위를 떠난 살처럼 순식간에 지나친 지명에 가슴이 뭉텅 베어졌어요.

> 내가 태어나고 자란 곳에 당신을 데려 가고 싶어요. 평야가 끝없이 펼쳐진 곳이야. 그 위로 내리는 붉은 저녁 해의 충만감을 안겨 주고 싶어. 우리가 서로 알지 못했던 시간과 공간까지도 나는 함께 바라보고 싶어요.

나에게 고향 얘기를 해주던 당신의 말이 아프게 떠올랐어요. 차창은 어둠으로 인해 거울처럼 나를 되비췄어요. 나는 차창에 한 자 한 자 글자를 썼어요. 저녁 해…… 충만감…… 글자들 위로 당신의 흐릿한 얼굴이 휙휙 빠르게 지나갔어요.

밤새 길을 달려 미황사에 도착했을 땐 새벽 4시가 안 된 시각이었어요. 절의 부도탑이 있는 곳을 오르는데 나뭇가지 사이로 비치는 달빛이 시렸어요. 길 위에는 자갈이 하얗게 깔려 있었고 일행들의 발길에 부딪치는 자갈 소리가 투그덕, 투그덕 정적을 갈랐어요. 불어오는 바람결에는 전각에서 피우는 향내가 실려 왔어요.

대웅전 뜰로 내려오자 여명 속에 잠 깬 기척들이 수런댔어요. 절에 묶고 있던 사람들이 예불을 위해 밖으로 나왔어요. 대웅보전 창호문으로 은은한 불빛이 새어 나왔고 저만치 산 아래에는 속세의 불빛들이 어룽거렸어요. 나는 그런 낯선 새벽 풍경 곳곳에서마다 곁에 없는 당신을 내내 보아야만 했어요.

돌아오던 길에 당신 고향 부근을 다시 지나왔어요. 끝없이 펼쳐진 평야 위로 저녁 해가 장엄하게 내려앉았어요. 붉은 구슬 같은 해는 차의 속도에 따라 빨라지거나 느려졌어요. 그처럼 내게서 당신이라는 존재도 빠르게 혹은 천천히 들어오고 나가기를 반복했어요. 당신이 말하던 붉은 저녁 해의 충만감은 텅 빈 공허가 되었어요.

기행을 다녀온 내 일상은 허청거렸어요. 수시로 울음자락이 목을 밀고 울컥거렸어요. 간절한 그리움으로 하루에도 몇 번씩 전화기를 열어 당신의 번호를 누르고 싶었지만, 그래선 안 된다는 절망이 내리눌렀어요. 그 힘겨움을 내색하지 않아야 하는 나날들은 물밀 같은 가라앉음이었어요. 당신과의 관계만 정리하면 아무 문제없을 줄 알았던 건 내 단순함이었고, 당신의 무게가 일상에 깊게 스며들었다는 게 당혹스러웠어요.

당신과 헤어지고 일 년이 되어가고 있을 때였어요. 봄바람이 황막하게 불던 어느 날 오후였어요. 당신이 내가 살고 있는 동네 부근에 와 있다며 전화를 걸어 왔어요. 전화기를 통해 전해지는 목소리에 내 온몸 신경세포는 걷잡을 수 없는 환희로 튀어올랐어요. 그걸 누르며 매몰차야 한다면서도 어느새 발은 현관에서 신발을 신고 있었어요.

오랜만에 본 당신은 많이 헐거워져 있었어요. 말갛게 고요하던 눈빛은 초췌했어요. 그런 눈으로 내 왼손을 물끄러미 보았어요. 손가락에 끼어 있는 사파이어 반지의 푸른색은 맑지 않고 탁했어요.

우리가 처음 운주사를 찾았던 날에 당신은 내 손가락에 반지를 끼워 주며 말했죠.

당신과 내가 태어난 9월 탄생석이예요. 가을을 상징해요. 불변을 뜻하기도 하구요. 결혼 35주년용으로 많이 애용되고 있대요. 그걸 사파이어혼식이라고 하더군요.

당신의 나이는 나와 같았죠. 그리고 태어난 달과 태어난 날이 심지어 태어난 시각도 몇 분 차이로 거의 같았어요. 그런 우연은 쉽지 않지만 가능할 수도 있었어요. 그럼에도 당신은 우연한 동일성에 운명이라는 의미를 부여했어요. 어쩌면 나도 그 동일성에 합리화를 시켰을 테죠.

헤어졌다 다시 만난 그날, 우리는 예전처럼 돌아갈 거라고 여기진 않았어요. 처음 만나기 전처럼 각자의 시간 속에 있어야 한다는 걸 다시 확인할 뿐이었어요. 돌아서는 당신의 뒷모습에 그 인식의 흔적이 무겁게 내려앉은 걸 봐야 했으니까요.

하지만 얼마 후 우리는 또 만났고 운주사를 두 번째 찾게 됐죠. 당신은 불현듯 운주사에 가야겠다는 마음을 견딜 수 없었다고 했어요.

운주사 경내는 저녁나절의 고적함 속에 넘어가려는 저녁 해의 잔광이 스며들고 있었어요. 우리는 법당 건너편의 정자 마루로 가서 앉았어요. 나이 지긋한 노부부가 대웅전을 나와 천천히 정자 앞을 지나갔어요. 나는 당신이 지금보다 더 나이 들었을 때를 잠깐 생각했지만, 앞으로 그 모습은 볼 수 없을 거라는 사실이 쓸쓸했어요.

당신이 내 손을 잡으며 말했어요. 말 속에 간절한 갈망과 스러지는 체념이 함께 담겨 있었어요.

그 날, 차 안에서 멍한 눈빛으로 밖을 내다보는 당신을 봤어요. 어딘가를 뚫어지게 보는 것 같았지만 아무 것도 보고 있지 않더군요. 나는 도저히 차를 탈 수 없었어요. 동료 직원에게 급한 일이 생겼다는 핑계를 대고 기행에 불참했어요. 당신을 태운 차가 떠나는 걸 보며 나무 등걸에 한참을 기대고 있었어요. 안에서 뭔가 뭉텅 빠져 나가 버린 것처럼 당신의 무심한 표정이 아프게 치받쳤거든요.

나도 당신을 보았지만 어둠 속의 나무 밑에 서있던 당신은 현실적이지 않았어요. 뒤편 건물에서 반사되던 불빛이 당신 뒤에서 공허하게 퍼지며 얼굴이 제대로 형상화되지 않았거든요. 그래도 당신이라는 걸 알아차리는 순간 차에서 뛰어 내려가고 싶은 갈급한 충동이 일었어요. 하지만 실루엣만으로 보이는 당신을 환상적인 사진 속 한 장면인 거라며 애써 외면했어요.

난 말이에요. 여행 며칠 전부터 잠을 잘 자지 못했어요. 당신을 볼 수 있겠구나, 라는 생각만으로도 설레었어요. 막상 당신의 무심한 눈빛을 보면서 그 설렘은 무너졌어요. 정확한 이유도 모른 채 돌아서는 당신을 보던 날처럼 또 내몰림을 당하는 기분이었어요. 알고 싶었어요. 당신은 그때 헤어지려는 정확한 이유를 말하지 않았잖아요.

그 말을 하는 당신은 기진해 보였어요. 그런 당신을 보며 누군가의 흰 손등에 내 비치던 푸른 핏줄을 볼 때처럼 가슴으로 서늘함이 스며들었어요. 산사의 새벽어둠 속에서 담 너머로 흐릿한 꽃을 피워 올린 매화나무를 보듯, 서럽고 먹먹해지는 마음이었다면 당신은 알 수 있을까요.

당신과의 관계에서 주문이듯 짙게 드리웠던 많은 향망들을 생각했어요. 일상에서 박차고 나갈 용기가 없는 한 가없는 바람들이었죠.

아침이면 창의 엷은 커튼을 비집고 들어오는 조금은 성가신 햇살에 함께 잠을 깰 수 있다면. 같은 식탁에서 매일 함께 밥을 먹을 수 있다면. 거실을 지나다 당신의 어깨 너머로 신문기사를 슬쩍 넘겨다보며 참견할 수 있다면. 세탁한 서로의 옷들을 말간 볕 아래 탁탁 털어 널을 수 있다면. 마른 옷들을 네 귀가 꼭 맞게 개켜 옷장에 집어넣을 수 있다면. 함께 쇼핑카트를 끌면서 마트를 다닐 수 있다면. 저녁 식사 후엔 당신의 팔짱을 끼고 봄날 혹은 여름날 동네 길을 산책할 수 있다면. 휴일의 나른한 오후엔 텔레비전의 코메디 프로그램을 보며 같이 킥킥거릴 수 있다면. 밤이 이울어져서는 같은 이불 안으로 들어갈 수 있다면.

그러다 가끔은 의견이 잘 맞지 않아 투덕거리거나, 사소한 일로 서운한 마음에 유치한 불만을 드러내는 일까지도 충만할 것 같았어요. 그럴 수 있다는 건 시간이든 공간이든 공유에서 비롯되는 것일 테며, 그런 것마저도 행복일 거라 여겼으니까요.

그러나 우리가 속해 있는 각자의 테두리를 되새김해 보았어요. 그 안에서 상대라는 대상은 어떤 선택을 할 때 돌올한 함량을 지닐 수 없을 거였어요. 그런 사실에 가슴은 매캐한 연기로 자욱해졌어요. 그랬기에 당신과 나는 서로를 안타까워하며 생의 꿈결 같은 사랑을 주려 한다고 믿고 싶었어요. 우리들의 관계를 질곡이라 여기며 감아 안거나 시림을 갖기도 했어요. 어느 날은 가슴속으로 콸콸 거친 물살의 여울목이 만들어지기도 했죠. 견디기 힘들어지면 소리 내어 울어버리고 싶었지만 그마저도 굳게 봉쇄해야 하는 거였어요.

당신은 정자 기둥에 머리를 기대며 잠시 눈을 감았어요. 당신의 길고 촘촘한 속눈썹을 보는 내 어깨에 맥 빠진 슬픔이 얹혔어요. 내 손가락의 반지는 정자 안으로 언뜻 비쳐드는 햇빛에 유백색 여섯 가닥 성채 무늬가 환상처럼 잠깐 아롱졌어요.

하지만 손가락을 움직이자 무늬는 이내 형태를 변형시키며 탁한 푸른색을 띠었어요.

35년 후에도 이렇게 끼워줄 수 있다면…….

당신이 내 손을 잡고 작게 중얼거렸어요. 손길이 미세하게 흔들렸어요. 하, 하고 내쉬는 날숨소리가 어두운 밤하늘처럼 막막했어요. 그날 당신은 물이 빠진 거뭇한 개펄 같았어요.

당신에게 주려고 주문한 반지를 찾아 들고 나올 때 간절한 바람 하나를 가슴에 새겼어요. 당신을 오래도록 감아 안을 수 있다면!

그 말을 할 때 당신의 표정은 잠시지만 포만하게 일렁였어요. 남도 여정 중에 보았던 푸른 보리밭이 생각났어요. 멀리서 보면 단순히 거대한 초록 천을 깔아 놓은 것 같았는데 가까이 가보면 보리들은 서로의 몸을 비벼대며 스스스, 스스스 푸른 소리를 내고 있었어요. 풍요로운 햇살과 바람결에 뒤채는 그들만의 환희였어요. 당신이 저 깊은 곳에서 퍼올리는 것들도 그럴 거라는 생각이 들었어요.

그러나 반지 알의 푸른색은 무거웠어요. 밝은 해가 제대로 비치지 않는 곳에선 투명한 푸른 광채를 퍼트리지 못 하는 암청색 둔탁한 덩어리였어요. 미려하게 세팅된 예각부분마저도 뭉뚱그려졌고요.

나는 우리가 헤어져야 하는 이유를 당신에게 또박 또박 말했어요. 당신은 지난번처럼 듣기만 했어요. 눈길은 일몰이 시작되는 서편 하늘가로 향해 있었어요. 잔광마저 스러진 저녁 하늘에 어스름의 청보라빛 무리가 퍼졌어요. 당신에게 그 빛무리는 가누기 힘든 쓰라림으로 번져나갔어요.

그날 저녁 우리는 함께 호텔을 찾아들었어요. 방에 들어선 당신은 나를 안았어요. 내 얼굴이 당신의 어깨에 닿았고 내 몸이 당신의 가슴에 감싸였어요. 그 감싸임에서 건네지는 안온함을 앞으로 다시 받을 수 없다는 것에, 내 가슴으로 황량한 바람이 들어차는 걸 당신은 알았나요? 내 등을 가만 가만 쓸어주던 당신 손길에서 저미는 아픔이 배어나왔어요. 그 감각이 앞으로의 내 삶에 깊은 사무침으로 다가들 것에, 베일 듯 날카로운 울음자락을 삼켰던 걸 당신은 알았나요?

당신은 나를 침대에 앉혀놓고 내 앞에 무릎을 꿇고 앉았어요. 소중한 걸 다루듯 온 신경을 집중해 내 옷을 조심스럽게 하나하나 벗겨냈어요. 그리고 욕조 가득 뜨거운 물을 받아 나를 들어앉혔어요. 당신도 욕조에 들어와서 뜨거운 물의 온도에 도도록히 불거진 내 젖꽃판을 손으로 감싼 뒤 탱탱히 불거진 유두를 물었어요. 미끄덩한 당신 혀와 부드러운 입술의 감촉이 잔뜩 부푼 감각을 헤뜨리자, 내 입에서 무언가 터지기 직전의 간

질임 같은 탄성이 흘러 나왔어요. 나는 견딜 수 없어 당신의 허리를 껴안으며 당신의 어깨에 얼굴을 묻었어요. 그런 내 겨드랑이를 당신의 양 손이 다잡으며 격정으로 스며들었어요. 당신의 부드럽거나 거센 몸짓에 따라 물살은 헤살거리며 우리를 감싸 돌거나 욕조 바깥으로 넘쳐흘렀어요.

그 속에서 우리가 한 곳을 바라보았던 그간의 시간들이 부풀다 사그라지는 마지막 의식을 치러야했어요. 그 사실이 절망스러운 당신은 허겁지겁 내 손가락의 돌출된 반지 알을 물었어요. 그 순간 반지는 모든 절정의 순간들이 그렇듯, 스러지기 직전 찰나의 눈부심으로 한껏 푸르러지며 당신의 입 속에서 광채를 냈어요. 동시에 당신의 격정이 분출되면서 몸이 시위를 당기려는 활처럼 뒤로 팽팽히 휘어졌어요. 열락의 쾌감에 눈을 질끈 감고 고개를 젖힌 당신의 목울대가 요동쳤어요. 나는 그런 당신을 가슴에 안았어요.

그리고…… 섬광이며 나락인 짧은 열락을 지나온 당신은 나에게 안겨 아프게 울었어요.

정자 옆에는 비가 와서 잠시 작업을 멈춘 포크레인이 서있어요. 어정쩡히 자리하고 있는 위치가 불편해서 다른 곳으로 옮긴다는 기사를 얼마 전 종교 관련 책자에서 보았어요. 정자는 일주문과 대웅전 법당 중간에 되똑하니 서있어 도무지 경내 정경과 어울리지 않긴 했어요. 아예 없거나 차라리 호젓한 곳에 있었으면 훨씬 모양새가 좋을 것 같았거든요. 날이 개어 곧 작업을 재개하면 정자는 형체도 없이 사라지겠죠.

전화가 울리네요. 어머니예요. 말투에 화가 잔뜩 묻어 있어요.

"지금 어디냐?"

"밖에 나와 있어요."

"동생 걱정도 안 되더냐? 속이 타 죽겠는데 딸년이라곤 기척도 안 하고…… 신 서방한텐 내가 전화했다. 지금 온다는구나."

"정균인 왜 그랬대요?"

"빨리도 물어 본다. 민호 어미가 이혼을 안 해 주니까 여자가 못 기다리겠다고 맘이 변했단다. 그 바람에 정균이가 헤까닥 뒤집혀서 그랬다는구나. 뻔하지. 애시당초 생각이 제대로 박혔으면 시집도 안 간 게 남의 가정 그 따위로 쑥밭을 만들어 놓겠니. 나쁜 년 같으니라고!"

"그러지 마세요. 중심 못 잡은 정균이가 문제지."

나도 심란했어요. 올케도 그렇고 동생이 치를 상처가 체기 걸려서요. 치유되기에는 많은 시간이 흘러야 할 거예요. 연인이었던 여자도 균형이 맞지 않던 동생과의 관계에 체머리를 흔들었을지 몰라요. 허기지듯 가져야 했던 결핍이 지겨웠을 테고, 당당한 척 했지만 세상의 이목을 무시하기엔 무게가 만만치 않았을 거예요.

"그나저나 올케 마음이 문제네⋯⋯."

"그러게 말이다. 자식 때문에 살아 보려고 속을 썩고 살았는데 이번엔 힘들 것 같더라."

나는 알아요. 올케는 자식 때문도 무엇도 아니었어요. 오로지 오기였어요. 참담해진 자신의 존재가 견딜 수 없어서였을 거예요. 내밀 수 있는 건 제도 안의 아내라는 위치를 움켜쥐고 있는 그것뿐이었을 테니까요.

눈길이 다시 정자에 머물렀어요. 있을 자리가 아니어서 곧 사라진다는 사실에 안타까움이 이네요. 지난 시간 당신과 함께 했던 편린들이 떠오르며 힘이 빠져요. 절실하게 뭔가를 건네야 할 대상이 더 이상 존재하지 않는다는 건 막막하니까요.

당신과 마지막으로 운주사에 갔던 이후로 우리는 서로를 묻었어요. 나는 보육원 봉사도 그만 두었어요. 그 뒤로 당신의 근황은 알지 못했어요. 한 번, 자원봉사를 함께 했던 한 지인의 입을 통해서 당신에 대해 들었을 뿐이에요. 그때 무심을 가장했지만 당신의 이름만으로도 무너지도록 아팠어요. 당신과 함께 했던 날들을 숨겨진 덧문처럼 안은 채, 가정이라는 테두리 속의 하루하루를 버거운 책임처럼 여기며 지냈으니까요.

그런데 말이에요. 당신과의 시작이 그랬던 것처럼 살다보니 예기치 않게 툭툭 불거지는 예외성을 꽤 만나게 되더군요. 그건 어떤 조짐도 없이 깊은 웅덩이에 갑자기 빠져버리는 황망함이었어요.

  작년 11월의 그날은 휴일이라 집에는 식구들이 함께 있었어요. 열린 아들 방에선 록 음악이 쾅쾅거렸고, 거실에서 텔레비전을 보고 있던 남편은 소리 좀 줄이라며 와락, 소리를 질렀어요. 아들이 듣지 못하자 남편은 소파에서 일어나 투덜거리며 직접 아들 방의 문을 닫았어요. 나는 베란다에서 빨래를 널고 막 거실로 들어오던 중이었구요.
  오늘 오후 2시 경 북한산에서 추락사고가 발생했…….
  나는 텔레비전 소리를 염두에 두지 않은 채 거실을 지나 세탁실에 빨래바구니를 두고 소파가 있는 곳으로 왔어요.
  아, 자식. 음악을 들으려면 문을 닫던가…… 그나저나 또 한 명 갔구만. 이제 마흔 좀 넘었던데 나이가 아깝네.
  남편의 말에 나는 선 채로 텔레비전을 보았어요. 화면은 어느새 뉴스를 끝내고 라면 선전을 하고 있었어요. 모델 입으로 통통한 면발이 호르륵대며 들어가고 있었는데 식욕이 당기는 장면이었어요.
  남편이 정염 섞이지 않은 습관으로 내 엉덩이를 슬그머니 쓸었어요. 나는 아들이 신경 쓰여 눈을 흘기며 몸을 비꼈어요. 남편은 머쓱한 웃음을 웃으며 소파에 벌렁 누웠어요. 점점 굵어지는 뱃살이 트레이닝복 사이로 삐져나왔어요. 나이가 들면서 딴

딴하던 근육은 흐물해지고 날렵하던 배선은 둘레를 넓히고 있었어요. 당신이 생각났어요. 당신도 혼자 있을 땐 저렇게 무방비 상태로 지낼까 하고요.

밖은 잔뜩 흐려 있었어요. 어디서든 축축한 습기가 가득해서 손만 대도 미끈거릴 듯 비가 한 줄금 내릴 모양이었어요. 아파트 놀이터에는 아이들 몇이 미끄럼틀에 올라있거나 그네를 타고 있었어요. 고등학생쯤으로 보이는 남학생 세 명이 그 옆 농구대 앞에서 공을 따라 경쾌히 몸을 움직였어요.

어느 토요일이었던가요. 우리는 차를 타고 근교로 함께 나갔었죠. 당신은 한 학교 앞에 차를 세워 놓고 운동장에서 마침 농구를 하고 있던 학생들과 어울렸어요. 움직일 때마다 반바지를 입어 드러난 다리 근육이 팽팽했어요. 공을 움켜쥔 손등 위로 푸른 핏줄이 꿈틀댔어요. 골을 넣기 위해 도약할 때 당신은 푸른 하늘과 대지 사이에서 정지되었고 그 위로 햇살이 탄력 있게 튕겨졌어요. 그 장면이 떠오르며 당신이 사무치게 그리웠지만 이내 현실이 그걸 덮어버렸어요.

여보, 오늘 저녁은 뭘 먹여 줄 거야?

남편의 물음에 나는 지나간 시간 속에서 나와야 했어요. 그러네, 오늘 저녁은 뭘 해 먹나. 냉장고는 거의 비다시피 했어요. 장을 봐야겠구나 싶어 지갑을 가지러 방으로 들어갔어요. 그날 오후의 내 일상은 그렇게 무심히 흘렀어요. 아무 것도 달라질

일이 없을 날이었죠.

며칠 후에 자원봉사를 함께 했던 지인이 오랜만에 안부전화를 해왔어요. 서로의 안부 끝에 뜻밖의 소식을 전해 들었어요.

윤신우 씨 아시죠? 그 분 얼마 전에 북한산에 올랐다가 추락사 했어요. 발을 헛디딜 만큼 구간이 위험하지도 않았고 평소산을 잘 타던 사람인데 이해가 안 된다고 하더라구요. 저희 팀원들도 문상 다녀왔어요. 미주 씨한테 연락할까 했는데 팀장님이 하지 말라더군요. 이미 자원봉사 일도 그만 두었고 윤신우 씨와 그다지 친분이 있는 것 같지도 않던데 굳이 그럴 거 있냐고요.

화장대 위에 놓인 탁상용 달력 속 11월의 풍경은 쇠락의 기운이 물씬했어요. 잿빛 하늘을 배경으로 푸르름을 거둬들인 늦가을의 산자락이 스산했어요. 그 스산함 속 어딘가에 당신 삶의 마지막이 있다는 건 참담히 떠도는 바람이었어요.

당신이 삶의 끈을 놓고 떠난 지 일 년이 되었어요. 내 일상은 당신을 처음 만나기 전처럼 무탈해요. 남편은 여전히 사업을 꾸려가고 초등학생이었던 아들은 고등학생이 되었어요. 남동생부부는 이혼하지 않고 대척점에 선 원수처럼 여전히 서로를 흘겨보며 위태로워요. 달라진 게 있다면 어느 날 바람에 날리는 씨방처럼 홀홀히 사라져버린 당신이라는 존재가, 내 삶의 중간쯤에 깊은 점 하나를 찍은 거랄까요. 그 점이 박힌 뿌리의 깊이는 가늠될 수 없지만.

"당신, 어디야? 난 지금 경찰서에서 오는 길이야. 사람이 왜 그래? 아침에 장모님이 전화 하셨다면서? 노인네가 얼마나 속이 탔겠어. 처남은 아무래도 쉽지 않을 것 같더라고. 한 두 번이라야지. 일단 사돈양반들 만나 진정시키긴 했는데 골치가 좀 아프겠어. 그나저나 당신 지금 어디 있는 거야? 나 오늘 일찍 들어갈 거야. 비도 오는데 술 한 잔 하는 건 어때? 안주할 거 사 갈까?"

두 시간을 달려야 하는 거리에 있는데도 남편의 목소리는 전화기 저편에서 쩌렁쩌렁하네요. 귀가 먹먹해서 나는 전화기를 귀 밑으로 내리고 말았어요. 그래도 남편의 목소리는 여전히 크고 견고하게 생생해요. 보이지 않고 들리지 않는 저 너머 추상이 아니예요.

나는 운주사를 나왔어요. 산문 길 양쪽의 전나무 군락이 내린 비에 더욱 짙푸르러졌어요. 황토가 섞인 길은 비에 젖어 더 붉고 차졌구요. 가만…… 나는 몸을 돌려 지나온 길을 돌아보았어요. 뭔가 긴밀히 내 곁에서 함께 하고 있다는 자장 같은 게 느껴져서요.

당신도 어떤 기척이 느껴지지 않나요? 실한 그루터기 같이 강단 있던 누군가의 발걸음 소리를요. 성큼성큼 걸음을 옮기며 뿜어내는 누군가의 달뜬 호흡을요.

　나는 설레는 온 몸의 감각을 잔뜩 부풀려 곤두세웠어요. 하지만 주변은 그저 고요할 뿐이었어요.

　영원히 지속될 당신의 침묵처럼.